Maxence Fermine

Honig

Roman

Aus dem Französischen
von Karin Krieger

Claassen

Die Originalausgabe erschien 2000 unter dem Titel
L'apiculteur *im Verlag Albin Michel, Paris.*

Der Claassen Verlag ist ein Unternehmen der
Econ Ullstein List Verlag GmbH & Co. KG, München.

ISBN 3-546-00245-8

Redaktion: Bettina Foulon
Satz: Josefine Urban – KompetenzCenter, Düsseldorf
Druck und Bindung: GGP Media, Pößneck

Für meinen Großvater Didier Fermine,
Bienenzüchter

Es ist unnütz, vom Leben mehr zu verlangen als die stillschweigende Harmonie, die uns vorübergehend mit dem großen Mysterium der anderen verbindet und uns erlaubt, ein Stück Wegs in ihrer Gesellschaft zurückzulegen.

Álvaro Mutis

Eins

Aurélien Rochefer war aus Liebe zum Gold Bienenzüchter geworden. Nicht, dass er nach Reichtum gegiert oder die geringste Chance gehabt hätte, mit der Honigernte ein Vermögen zu machen, nein, vornehmlich hielt er nach dem Ausschau, was er, seltsam genug, das Gold des Lebens nannte.

Er war ein Mensch auf der Suche nach Schönheit. Für ihn lohnte das Leben nur für die seltenen Augenblicke reiner Magie, die es ihm zuweilen schenkte.

1885 war Aurélien zwanzig Jahre alt und begann von Bienen zu träumen. Er hatte die Absicht, ein Dutzend Bienenstöcke anzulegen und Honig herzustellen. Er wusste, dass er im Begriff war, der einzige Bienenzüchter von Langlade zu werden, und dass der Honig, den er verkaufen wollte, der beste in der ganzen Provence sein würde.

Dieser Plan, so ungewöhnlich er auch sein mochte, genügte, um aus seinem Leben einen Traum zu machen.

Für Aurélien war das Leben wie eine sonderbare goldene Biene, die schon von weitem schimmert, davonfliegt, sich an jedem Duft berauscht, gegen Sonnenfenster stößt und in der Unermesslichkeit des Himmels den Nektar ihrer Blüte sucht.

Im Grunde hatte Aurélien Rochefer seit jeher eine Vorliebe für Gold gehabt.

Zunächst, weil er in in einem riesigen Gemälde aus Sonne und Licht geboren war. Einem Gemälde, das man die Provence nannte.

Und auch, weil er ein Goldsucher war.

Aurélien ahnte, dass er es sein ganzes Leben suchen würde. Doch fühlte er in seinem Dasein vor allem den Drang nach Freiheit und Glück.

Als er ein kleiner Junge gewesen war, hatte sich eines Tages eine mit Blütenstaub beladene Biene auf seine Hand gesetzt. Nachdem sie wieder fortgeflogen war, entdeckte er auf seiner Handfläche einen goldenen Staub, der seine Lebenslinie kreuzte.

Seit diesem Tag träumte er vom Honig, und er beschloss, Bienenzüchter zu werden.

In Langlade wurde man mit Lavendel reich. Léopold Rochefer, Auréliens Großvater, wusste das nur zu gut, besaß er doch die meisten Lavendelfelder weit und breit.

Die beiden Männer lebten allein in einem ockergelben Bauernhaus mit blauen Fensterläden und bestellten ein malvenfarbenes Land, auf dem tausende Insekten unter einer heißen Sonne schwirrten.

Für Léopold war Gold das Blau des Lavendels. Für Aurélien war es das Gelb des Honigs.

»Jedem seine Farbe«, pflegte Clovis, der Wirt des *Grünen Cabaret*, zu sagen, er, der sich an dem Tag für seine Farbe entschieden hatte, als er seinen ersten Liebeskummer in einem Glas Absinth ertränkte.

Neben Clovis' Absinth und Léopolds Lavendel machte der Honig, so wertvoll und farbenkräftig er auch sein mochte, nicht viel her. Der Alte hatte seinem Enkel wieder und wieder gepredigt: »Weißt du, Aurélien, mit der Bienenzucht kommt man nicht weit. Sie reicht nicht einmal zum Leben.«

Aurélien hatte prompt geantwortet: »Irrtum. Honig ist mein Leben.«

Am folgenden Tag war er in Arles, ganz in der Nähe der Alyscamps, in eine alte Buchhandlung gegangen und mit einem Buch über Bienenzucht wieder herausgekommen.

Den Winter über hatte er seine Zeit damit verbracht, das Haus zu reparieren, aus Weidenruten Bienenstöcke zu bauen und am Kamin die *Geschichten aus dem rätselhaften Leben der Bienen* zu lesen.

Wenn Aurélien in jenem Winter über Bienen sprach, hatte er häufig ein unbestimmtes, sanftes Leuchten in den Augen, das einen Anflug von Verrücktheit verriet.

Obgleich Léopold an sich nicht sehr gesprächig war, hatte er sich eines Abends nach einem Absinth zuviel seinem Freund Clovis anvertraut. Selig an den Schanktisch des *Grünen Cabaret* geklammert, genoss der Alte den gesegneten Augenblick, da sich die Substanz der Gedanken allmählich im Rausch der Träume auflöst.

»Seit Aurélien davon redet, Bienenzüchter zu werden, hat er so etwas Erschreckendes in seinem Blick.«

»Und was ist das deiner Meinung nach, was er da in den Augen hat?«, fragte Clovis.

»Ich weiß nicht. Es leuchtet wie tausend Feuer. Als hätten sich sämtliche Sterne in seinem Blick entfacht.«

»Sterne in den Augen?«

»Ja. Er erzählt dir was von Bienen, er sieht dich an, aber er sieht dich nicht. Er steht da, direkt vor dir, doch es ist, als schaute er durch dich hindurch. Er sieht einfach weiter, als möglich ist. Und in seinem Blick glühen kleine Funken.«

»Dann laß ihn doch den Bienenzüchter spielen, wenn es ihm Spaß macht«, antwortete Clovis. »Diese Fünkchen sind bestimmt die Fünkchen eines Traums.«

Anfang 1886 begann Aurélien in aller Bescheidenheit mit seiner neuen Aufgabe. Fürs Erste begnügte er sich damit, ein Dutzend Bienenkörbe anzufertigen.

»Honig ist die Sonne meines Lebens«, sagte er jedem, der es hören wollte. »Und um einen guten Honig zu bekommen, braucht man Zeit.«

Im Frühling entdeckte er im Wald einen Schwarm. Dicht um die Königin gedrängt, waren die Bienen leicht einzufangen. Aurélien setzte sie in einen Bienenstock und fütterte sie mit Zuckerwasser. Er besaß nun seinen ersten Schatz. Wenig später kaufte er von einem Landwirt sieben weitere Schwärme.

»Das sind die besten Bienen der Provence!«, versicherte ihm der Mann. »Sie stammen vom Plateau de Valensole!«

Gleich bei seiner ersten Inspektion brachte Aurélien vorsorglich Absperrgitter zwischen dem Brutraum und den Waben des Honigraums an.

In der ersten Blütezeit schwärmten Myriaden von Bienen aus und sammelten unermüdlich Pollen und Nektar von den Blumen der Felder. Für Aurélien war es ein wunderbares Schauspiel, sie von Sonnenaufgang bis Sonnenuntergang in einem wirbelnden Tanz von Blüte zu Blüte fliegen zu sehen. Viele Stunden stand er entzückt vor dieser Alchimie, die den Nektar der Blumen in goldenen Honig verwandelte.

Im Sommer rüstete er sich zu seiner ersten Ernte. Mit seiner Räucherpfeife bewaffnet, holte er eine Wabe nach der anderen heraus, entdeckelte die Zellen und entnahm den Honig, der wie geschmolzenes Gold in einen großen Krug floss. So gelangte er in den Besitz einer ansehnlichen Honigmenge.

An einem Septemberabend verkaufte er seine Ernte an einen Händler in Arles, behielt aber drei Töpfe für seinen eigenen Bedarf und drei weitere, die er Pauline schenkte.

Pauline war die schönste Lavendelhändlerin im ganzen Land. Außerdem war sie die Nichte von Clovis. Sie hatte einen wohlgestalteten Körper, und ihre Augen waren wie eine Liebesfalle. Eine Falle, in der sich die Herzen der Männer verfingen.

Eines Morgens, als sie vom Markt aus Arles zurückkam, wo sie ihr Lavendelöl verkauft hatte, traf sie Aurélien am Dorfbrunnen und fragte: »Na, Bienenzüchter, was hast du jetzt vor, da die Ernte vorbei ist?«

Aurélien sah sie eine Weile an, bevor er antwortete. »Ich werde auf den Winter warten und dann noch mehr Bienenkörbe bauen.«

Für Aurélien war der Winter das Schwerste. Es gab nichts zu tun, als geduldig wie die Pflanzen unter dem Eis auf die Ankunft des Frühlings zu warten. Das Leben war anderswo. Die Bienen schliefen fest im Schutz ihrer Behausung. Doch schon beim zartesten Sonnenstrahl kamen sie heraus, um sich aufzuwärmen. Wenn aber eine von ihnen mit dem Schnee in Berührung kam, war sie unwiderruflich verloren.

Die Natur war hoffnungslos weiß. Die Blumen und Früchte waren verschwunden, die Blätter beim ersten Frost gefallen, die Pfifferlinge schliefen unter dem Schnee, die Sonne war bleich wie Wachs und Auréliens Herz so kalt wie der Tod.

War eine neue Reihe Bienenstöcke aufgestellt, galt es, die Langeweile zu vertreiben. Aurélien unternahm ausgedehnte Spaziergänge durch den verschneiten Wald. Er kehrte erst zurück, wenn die Sonne hinter den Bergen versank, machte Feuer im Kamin und las Abhandlungen über die Bienenzucht.

Wenn er nach seinen Bienenstöcken sah, schien es ihm, als hätten diese Tiere etwas geschafft, was dem Menschen nicht vergönnt war. Eng aneinander gedrängt hielten die Bienen eine gleichbleibende Temperatur und schützten sich so vor der Kälte des Winters. Sie handelten zusammen für das gemeinschaftliche Wohl. Da erkannte er, dass sich der Mensch im Laufe seiner Entwicklung immer mehr vom Paradies entfernt hatte. Und er begann davon zu träumen, eine Biene zu werden.

Bienen sind fähig, aus Liebe zu einer Blume zu sterben.

Bienen sind fähig, aus Liebe zu sterben.
Bienen sind fähig.

Wir wissen zu wenig über die Fähigkeiten der Bienen.

Eines Morgens im Januar fand Aurélien eine tote Biene im Schnee. Sie trug ein gold-schwarzes Kleid. Ein wahrhaft leuchtender Schmuck in diesem Meer der Blässe. Behutsam hob er sie mit Daumen und Zeigefinger auf und legte sie sich in die andere Hand.

Als die erstarrte Biene mit seiner Haut in Berührung kam, zerbrach sie wie Glas.

Betrübt wendete er die Hand zum Boden und sah ein wenig Goldstaub in der Luft glitzern und über dem Schnee verwehen.

Im zweiten Jahr kam der Frühling spät, und die Bienenstöcke blieben ebenso wie die ersten Blüten lange unter einer dicken Schneeschicht begraben.

Dann endlich, in den ersten Sonnentagen, begann das Schwärmen.

An einem Morgen im Mai flog die alte Königin aus dem ersten Bienenstock davon und nahm einen Teil des Volkes mit, das zu groß geworden war, um noch unter einem Dach zu wohnen. Der Schwarm flog ein Stück und hängte sich an den Ast eines Kirschbaums. Aurélien konnte ihn leicht einfangen.

Die Bienen des ersten, nun verwaisten Stocks machten sich daran, Weiselwiegen zu bauen. Zwei Wochen später schlüpfte eine neue Königin aus ihrer Zelle, und der Bienenstock erwachte zu neuem Leben. Die neue Königin musste nun alle anderen Königinnenpuppen unerbittlich vernichten, damit nur eine einzige herrschen und sich befruchten lassen konnte. Umgeben von ihrem Hofstaat, der sie unablässig fütterte, kehrte sie schließlich in den Bienenstock zurück und verbrachte den Rest ihres Lebens damit, Eier zu legen.

Auf diese Weise gelangte Aurélien zu etwa zwanzig Bienenstöcken, die ihm ermöglichten, seine Honigernte zu verdoppeln. Er war stolz auf seine ersten eigenen Bienen, die ihm in jenem Jahr annähernd vierzig Kilogramm Honig lieferten.

Clovis, der eigentlich gekommen war, um ihm zu seiner zweiten Ernte zu gratulieren, musste sich von dem frischgebackenen Meister der Bienenzucht sogleich einen Vortrag anhören: »Stell dir vor, eine Königin legt durchschnittlich tausend Eier pro Tag. Die gerade erst geschlüpfte aus dem Bienenstock Nummer eins kann aber bis zu zweitausend legen. Und sie herrscht über bald vierzigtausend Arbeiterinnen!«

Clovis verstand nichts von den technischen Erklärungen, sah aber die vielen Honigtöpfe und rief: »Als hätte es Gold geregnet!«

»Ja. Das Gold, nach dem ich gesucht habe.«

»Und Léopold? Was sagt er dazu?«

Aurélien antwortete nicht sofort. Stattdessen senkte er den Kopf und beobachtete eine Biene, die ihn umkreiste. »Er sagt, es wird nicht klappen, ich werde nie von der Bienenzucht leben können. Er sagt, es ist verrückt.«

»Vielleicht hat er ja Recht.«

»Selbst wenn! Ich weiß, dass ich dafür geschaffen bin. Für die Suche nach Gold. Auch wenn es im Moment nur Honig ist.«

»So gesehen bist du vielleicht derjenige, der Recht hat.«

»Sicher ist man sich nie. Aber das hier ist einen Versuch wert.«

»Ja, Aurélien«, sagte Clovis und kratzte sich am Kopf. »Vielleicht ist das hier der Mühe wert.«

Eines Tages, als Aurélien nach seinen Bienenkörben sah, geschah ihm ein Missgeschick, das seinem Leben eine unheilvolle Wendung hätte geben können, wenn er nicht etwas Glück und viel Geistesgegenwart besessen hätte. Als er einen Aufsatz auf einen Bienenstock zurückstellte, stieß er mit dem Ellbogen gegen einen anderen, so dass ein Rähmchen, auf dem Hunderte Bienen saßen, zu Boden fiel. Mit ohrenbetäubendem Lärm gingen die Bienen von allen Seiten auf ihn los. Beim ersten Stich spürte Aurélien einen heftigen Schmerz am Unterarm. Er rannte los, um dem wütenden Schwarm zu entkommen, doch die Bienen holten ihn mühelos wieder ein. Unzählige Stiche brannten an seinem Körper, und wäre da nicht der Fluss gewesen, in den er sich stürzte, hätte er sicherlich sein Leben gelassen.

Als Léopold ihn mit verschwollenem Gesicht ins Haus taumeln sah, rief er: »Was ist passiert?«

»Die Bienen«, stieß Aurélien hervor.

Dann fiel er bewusstlos in die Arme seines Großvaters.

Léopold trug ihn ins Bett in seinem Zimmer, das er verdunkelte, und legte ihm ein feuchtes Tuch auf die Stirn. Nachdem er Dutzende von Stacheln entfernt hatte, bereitete er einen Absud aus wild wachsenden Kräutern, den er auf die Wunden strich. Dann verabreichte er dem Kranken einige Löffel Propolis.

Pauline, die noch am selben Abend kam, um bei ihm zu wachen, hatte Mühe ihn wieder zu erkennen, so entstellt war sein Gesicht. Sie nahm seine Hand und ließ sie in dieser Nacht nicht wieder los. »Stirb nicht«, flüsterte sie. »Bitte stirb nicht ...«

Aurélien wollte die Augen öffnen und sie ansehen, doch durch seine von den Stichen geschwollenen Lider konnte er kaum den Lichtschein der Kerze auf dem Nachttisch erkennen. Er seufzte, murmelte einige Worte, die Pauline nicht verstand, und fiel wieder in einen bleiernen Schlaf.

Vom Fieber und vom Schmerz gequält, phantasierte Aurélien zwei Tage und drei Nächte lang. Doch er starb nicht.

Als er am dritten Tag zu sich kam, stand die

Sonne hoch am Himmel. Léopold und Pauline stellten erleichtert fest, dass er das Schlimmste überstanden hatte.

»Was ist passiert?«, fragte Aurélien matt.

»Na ja, die Bienen«, antwortete Léopold.

Pauline lächelte ihn an, glücklich darüber, dass seine Lebensgeister zurückkehrten, und er konnte endlich die Augen öffnen und sie ansehen. Sie erzählten ihm von dem Unfall und wie knapp er mit dem Leben davongekommen war.

Er sagte: »Die Bienen können nichts dafür. Es war meine Schuld.«

Er stand auf, trank ein Glas Milch, stärkte sich mit ein paar Honigbroten, nahm einen letzten Löffel Propolis und machte sich auf zu seinem Bienenstand.

Von nun an war Aurélien immun gegen das Gift und litt nie wieder unter dem Stich einer Biene, Wespe oder Hornisse.

Augenscheinlich hatte dieser Mann keinen Hang zum Leiden.

Was ist eigentlich Propolis?«, erkundigte sich Pauline später bei Aurélien.

»Das, was mich gerettet hat«, antwortete der Bienenzüchter. »Komm, ich zeig dir was!«

Er nahm die junge Frau bei der Hand und führte sie zu den Bienenstöcken. Dort zeigte er ihr die winzigen Harzkugeln, die zum Schutz vor möglichen Witterungsunbilden die Zwischenräume der Körbe füllten.

»Propolis ist Bienenharz! Sie hat die Kraft, Wunden zu heilen und Schmerzen zu lindern. Man erzählt sich sogar, Stradivari habe seine Violinen mit Propolis bestrichen, um einen schöneren Klang zu erzielen.«

Pauline, die erstaunt darüber war, dass ein und dasselbe Mittel sowohl für Geigen als auch für

Verletzungen verwendet werden konnte, fragte: »Dann heilt sie also die Wunden des Körpers ebenso wie die Wunden der Seele?«

»Ja. Sie wirkt Wunder!«

Propolis und Honig waren in der Bienenzucht nicht die einzigen Erzeugnisse mit heilkräftiger Wirkung. Da war vor allem auch die Nahrung der Königinnen, das Gelée Royale.

Aurélien sagte oft: »Wenn ich mich mein ganzes Leben ausschließlich von Gelée Royale ernährte, wäre ich unsterblich.«

Pauline, die ihm kein Wort glaubte, gab zurück: »Und wenn nun ich das Gelée Royale essen würde, was wäre dann?«

»Dann wärst du in zwei Wochen eine Königin.«

Im dritten Jahr verrichtete Aurélien Rochefer die gleichen Arbeiten wie die Jahre zuvor. Ohne auch nur eines seiner Völker zu dezimieren, verfügte er schon bald über hundert aktive Bienenstöcke.

Das Jahr 1888 war schrecklich. Der Frost im April, der Hagel im Mai und die Trockenheit im August richteten viel Schaden an. Es gab zahlreiche Missernten. Der Preis für Mais verdoppelte sich, der für Weizen stieg auf das Dreifache, und der für Lavendelhonig verzehnfachte sich. Durch eine merkwürdige Fügung blieb das Dorf Langlade von den Wetterunbilden verschont, so dass niemand Anlass hatte, ernsthaft zu klagen.

Nach seiner Rückkehr aus Arles, zog Aurélien Bilanz und stellte fest, dass er viel Geld übrig hatte. Er rief erfreut: »Ein Vermögen!«

Léopold zählte nach. Er traute seinen Augen kaum. Doch schließlich wandte er sich mit einem breiten Lächeln zu seinem Enkel und sagte: »Ich glaube, ich habe mich geirrt, Aurélien. Du hattest Recht. Honig ist Gold!«

Mit scheinbar gleichgültiger Miene fügte er hinzu: »Wenn du jetzt heiraten würdest, wäre mit dem Geld vom Lavendel und vom Honig ordentlich was da, um ein rauschendes Fest zu feiern!«

Der Alte dachte an Pauline, und Aurélien wusste das genau. Doch er antwortete verdrießlich: »Hochzeiten sind im Sommer schöner. Aber mit dem Duft der Blumen ist auch der Sommer vergangen. Ich brauche das Geld, um Material zu kaufen, neue Bienenstöcke zu bauen und meine Zucht zu vergrößern. Wenn ich mit dem, was ich angefangen habe, fertig bin, kann ich ans Heiraten denken. Doch bis dahin gilt meine Liebe nur den Bienen.«

Pauline wusste, dass Aurélien wie eine Biene war, die erst sämtliche Blumen auf weiter Flur anfliegen musste, bevor sie die mit dem köstlichsten Nektar fand.

Sie wusste auch um den Lockruf der Ferne und des Goldes, um den Treibstachel der Sonne und um den Duft des Anderswo.

Sie konnte warten.

Sie wusste, dass eine Biene stets zu ihrem Bienenstock zurückkehrt.

Der Traum des Bienenzüchters schien allmählich konkrete Züge anzunehmen.

Nach seiner Rückkehr aus Arles versteckte Aurélien seine Ersparnisse unter einem losen Stein in einer Ecke der Werkstatt und ging auf Schmetterlingsjagd. Von allen Sorten, die er fing, war ihm der provenzalische Zitronenfalter der liebste, ein Schmetterling, der so gelb war, dass er sich nicht von den Sumpfdotterblumen auf den Feldern unterschied und auf der Hand einem Sonnenfleck glich.

Im Herbst sammelte Aurélien in den Bergen bei Langlade Pfifferlinge.

Nach einem wolkenbruchartigen Regen, der den ganzen Tag und die Nacht angehalten hatte, entdeckte er morgens auf einer mit Blaubeeren übersäten Lichtung einen Teppich aus Pilzen mit goldgelben Kappen. Er füllte einen ganzen Korb damit.

Als er abends am Küchentisch die Pilze putzte und das Feuer im Kamin knisterte, malte er sich voll Freude sein künftiges Leben aus. Er schätzte sich glücklich, und sein Glück war zart und licht.

Am Tag, der auf diesen friedlichen Abend folgte, verlor der Bienenzüchter seinen ganzen Reichtum.

Er erwachte spät am Vormittag und hatte alle Mühe, aus dem Bett zu kommen. In der Küche trank er seinen Kaffee und schaute aus dem Fenster. Die Äste der Bäume bewegten sich lebhaft im Wind. Merkwürdigerweise war es wärmer als am Vorabend.

»Der Föhn«, sagte sich Aurélien. »Der Wind, der alle verrückt macht!«

Ein Unwetter zog auf. Blitze zuckten über den Himmel, und der Donner rollte mit beispielloser Wucht. Aurélien hörte draußen Léopold schreien: »Feuer! Feuer! Der Blitz hat in die Eiche eingeschlagen!«

Er stürzte auf den Hof und sah neben dem zerschmetterten Baum hinten im Garten die Bienenstöcke in Flammen stehen und die Bienen verstört umherschwirren, während Léopold versuchte, den Brand mit einem Wassereimer zu löschen.

»Die Bienenstöcke!«, schrie Aurélien. »Wir müssen die Bienenstöcke retten!«

Hustend rannte er durch den Qualm auf den Bienenstand zu und stürzte dann zum Brunnen.

»Schnell, Léopold! Schnell! Wir müssen die Bienen retten!«

Die beiden Männer mühten sich mit Winde, Eimern und Wasser ab, bevor sie begriffen, dass es zu spät war. Das Feuer hatte vom Honig, von den Bienen und von deren Behausungen nicht viel übrig gelassen. Es hatte das Gold des Bienenzüchters in eine große Rauchwolke verwandelt, die hoch in den Himmel stieg.

Von Aurélien Rochefers Bienenstand blieb nur ein Haufen verkohltes Holz und glimmende Asche zurück.

Eine ganze Woche schloss sich Aurélien Rochefer in seinem Zimmer ein. Er versuchte zu vergessen, was er erlebt hatte. Weder Léopolds tröstende Worte, noch Paulines Zärtlichkeit konnten ihn aus der Betäubung reißen, in die er sich geflüchtet hatte. Das Feuer hatte ihm das Schönste seines Lebens genommen. Seither hatte er alles satt.

Zwei Tage lag er grübelnd auf seinem Bett. Am Morgen des dritten Tages beschloss er, sich abzulenken, und suchte im Bücherschrank seines Großvaters nach einem passenden Buch. Schließlich entdeckte er eins, dessen Einband seine Aufmerksamkeit erregte. Er las es eifrig durch, erstaunt darüber, dass er sich für etwas anderes als Bienenzucht interessieren konnte.

Es war ein Roman. Das Buch spielte in Afrika und erzählte von den Abenteuern eines Goldsuchers.

Nach dieser langen Lektüre hatte Aurélien einen herrlichen Traum vom Paradies, einen Traum, der sein Leben verändern sollte.

Aurélien wandert durch eine Wüste und gelangt an den Fuß eines Felsens, von dem ein kristallklarer Wasserfall herabstürzt. Durstig läuft er darauf zu und badet darin. Das Wasser auf seinem Körper bereitet ihm ein großes Wohlbehagen. Er verweilt lange dort, um diesen Genuss auszukosten, spürt aber plötzlich, dass er nicht allein ist. Als er sich umdreht, sieht er eine Frau auf sich zukommen. Sie ist nackt und von außergewöhnlicher Schönheit. Ihr Haar und ihre Augen sind schwarz, doch ihre Haut schimmert golden. Aurélien möchte sie ansprechen, doch er bringt keinen Ton heraus. Die Frau macht ein Zeichen, und der Wasserfall verwandelt sich in einen gigantischen, reißenden Strom, der süß duftenden Honig mit sich führt.

Am folgenden Tag verließ der Bienenzüchter sein Zimmer, ging mit dem Buch in der Hand zu Léopold und verkündete: »Ich werde nach Gold suchen.« Er starrte unverwandt in die blauen Augen seines Großvaters. Dann packte er ohne weitere Erklärungen seinen Reisesack. Er wusste genau, dass der alte Mann ihn nicht verstand.

»Ich muss weg aus Langlade, aus der Provence. Weg aus Frankreich.«

»Und die Bienen?«

Aurélien Rochefer antwortete nicht. Er verschnürte den Sack, sah in das prasselnde Kaminfeuer und entschied, dass es an der Zeit sei, zu gehen.

»Ich werde nach Gold suchen«, wiederholte er. »Dort unten. In Afrika.«

Er schulterte den Reisesack, nahm seine Ersparnisse an sich und ging hinaus.

Dieser Mann hatte eine merkwürdige Auffassung vom Leben. Er glaubte, vom Weg abzukommen, sei die einzige Möglichkeit, zu sich selbst zu finden. Irgendwann.

Auf dem Hof drehte er sich ein letztes Mal zu dem ockerfarbenen Haus um, vor das sein Großvater zwei Zitronenbäume gepflanzt hatte. Er dachte daran, dass dieser jeden Morgen im Sommer eine Zitrone pflückte und sie aß, während er den Sonnenaufgang betrachtete. Er sah auch zum Lavendelfeld hinüber und zu dem Aschenhaufen hinten im Garten, den wegzuräumen niemand über sich gebracht hatte.

»Wozu denn Gold suchen?«, fragte Léopold. »Mit Gold kommt man nicht weit. Und überhaupt bereichert es nur die Träume.«

Aurélien seufzte tief. Er fand keine Antwort.

»Und was ist mit den Bienen? Du könntest mit allem wieder von vorn anfangen. Außerdem ist da noch der Lavendel.«

»Ich will von all dem nichts mehr hören.«

Der alte Mann schwieg lange, während sein durchdringender Blick versuchte, Auréliens Seele zu ergründen. Was er in den Augen des jungen Mannes las, ließ ihn erstarren. Die ganze Unermesslichkeit der Welt lag darin.

»Du willst fort? Na wunderbar! Noch ein Unfug mehr! Ich weiß, dass ich dich nicht umstimmen kann. Aber warum ausgerechnet Afrika?«

»Weil ich einen Traum hatte und weil es in diesem Traum um eine Frau und um Afrika ging.« Aurélien seufzte, rückte den Tragriemen seines Reisesacks zurecht, drehte sich um und ging auf dem Kiesweg davon.

Es war vielleicht nicht die Antwort, die Léopold sich erhofft hatte. Doch sie genügte ihm.

Und Pauline? Hast du an Pauline gedacht? Wenn du fortgehst, wird ein anderer sie heiraten.«

Aurélien, der an einem Tisch der Schenke auf dem Dorfplatz saß, machte eine Handbewegung, als wollte er eine Unsicherheit wegwischen. Er schrieb einen Brief. An Pauline.

Der Mann, der gesprochen hatte, war Clovis.

»Wenn ihr wirklich etwas an mir liegt, wird sie auf mich warten.«

»Aber wenn du nun trotzdem zu spät zurückkommst und sie dann schon verheiratet ist?«

Aurélien lächelte still.

»Dann war sie nicht für mich bestimmt.«

Als er sie sah, war Pauline damit beschäftigt, ihre Lavendelfläschchen zu etikettieren. Sie tat es mit größter Sorgfalt und überaus behutsam, als hinge ihr Leben davon ab.

Aurélien zögerte einen Moment, sah die junge Frau an und sagte: »Ich gehe fort.«

»Und wohin?«

»Nach Afrika.« Aurélien stockte. »Ich will nach Gold suchen.«

Pauline zuckte nicht zusammen. Ihr Blick ging einfach durch das blaue Fläschchen hindurch, das sie in der Hand hielt. »Hier gibt es auch Gold.« Mit leiser Stimme fügte sie hinzu: »Gold, das du vor den Augen hast und nicht siehst.«

Sie hatte es ohne ein Zittern gesagt, mit sonderbar sanfter Stimme. Doch Aurélien hörte nicht zu. Er war schon unterwegs, und weiter zählte nichts mehr für ihn.

»Hier, ich habe dir einen Brief geschrieben. Ich glaube, es ist ein Liebesbrief.« Er sprach so leise, dass er nicht einmal den Schlaf der Engel gestört hätte. »Es ist auch ein Brief voller Versprechungen«, sagte er weiter. »Wenn du ihn wirklich haben möchtest, darfst du ihn erst öffnen, wenn ich weg bin.«

Er reichte ihr einen weißen Umschlag mit einer feinen, schwarzen Schrift.

»Na gut, Aurélien. Es ist vielleicht besser für uns beide, wenn ich ihn erst später lese, erst wenn die Biene ihren Bienenstock verlassen hat.« Sie nahm den Brief, ließ ihn ungeöffnet in ihr Mieder gleiten und presste ihn an ihr Herz.

Auf der Straße nach Marseille wanderte Aurélien Rochefer langsam seinen Träumen entgegen. Nach Abessinien. In dem Buch hatte er gelesen, man könne in Abessinien schon allein, wenn man die Erde durchwühlte, ein Vermögen machen. Das Land, hieß es weiter, umfasse Gebiete, die so unermesslich und reich wie Kalifornien seien.

Er wusste nicht, was er dort unten finden würde, doch er wusste, dass es seine Bestimmung war, etwas zu suchen. Etwas, das die Farbe der Sonne und des Goldes hatte.

Und das fand er vielleicht in Afrika.

Auf der Durchreise in Arles stieg er im Gasthof *Carrel* in der Rue Cavalerie Nummer 30 ab.

Als er bei einem Absinth auf der Caféterrasse saß, fiel ihm ein komischer Kauz auf, der auf der Straße stand und malte. Dieser Mann malte mit Inbrunst, ja fast mit einer Spur Wahnsinn, und doch ruhte er völlig in seiner Tätigkeit. Es war, als sei er in eine Seifenblase eingeschlossen und ganz allein auf der Welt. Er hatte fuchsrotes Haar, trug einen Strohhut und ein lavendelblaues Hemd. Sein Blick verriet eine unsagbare Feinfühligkeit, die wie Lebensmüdigkeit wirkte.

Aurélien ging zu dem Mann und sah, dass er ein Selbstporträt malte. Ohne Spiegel. Dennoch war die Ähnlichkeit zwischen dem Mann und seinem Bild verblüffend.

Die Farben, die der Künstler verwendete, um sich zu malen, steigerten Auréliens Neugier nur noch mehr: Zitronengelb, Blassgrün, Ocker, Rosa, Kobaltblau, Orange, Violett, Chromgelb, Smaragdgrün. Ein Farbentaumel und eine vollkommene Harmonie.

»Schön, all diese Nuancen!«

Der Maler hob nicht einmal den Kopf. In seine Arbeit vertieft, schien er nichts gehört zu haben.

Nach einer erstaunlich langen Pause schaute er zu Aurélien auf und fragte: »Was verstehen Sie denn von Farben?«

»Nichts.«

»Was wollen Sie dann von mir?«

Betreten hörte Aurélien sich antworten: »Dass Sie das Porträt einer Frau malen.«

Der Maler rührte sich noch immer nicht.

»Ich habe nicht viel Geld, aber hier ist ein Fläschchen Lavendelöl, das ich Ihnen zum Tausch für Ihre Arbeit anbieten kann.« Er griff in seinen Reisesack und zog ein blaues Fläschchen hervor. »Es gehört Ihnen. Bitte nehmen Sie es!«

»Wann wird sie kommen?«

»Wer?«

»Diese Frau, die ich malen soll.«

»Sie wird nicht kommen.«

Ein langes Schweigen folgte, in dem der Maler sein schwieriges Werk fortsetzte.

Dann fragte er: »Wie soll ich denn Ihrer Meinung nach eine Frau malen, die ich nicht kenne?« Aufschauend fügte er hinzu: »Und die nicht kommen wird!«

Aurélien sah, dass kräftige Farben dieses Gesicht beherrschten: ein gelbroter Bart, blaue Augen, rotes Haar. »Sie ist bildschön, und ihre Haut schimmert golden«, sagte er.

Der Maler blickte ihn lange ungläubig an. Dann fragte er: »Goldene Haut?«

»Ja. Das ist alles, was ich von ihr weiß. Den Rest können Sie sich dazudenken.«

Der Künstler musterte Aurélien aufmerksam. Diese Idee gefiel ihm: eine Frau zu malen, die es wahrscheinlich nicht gab. Die diesem Mann aber keine Ruhe ließ.

Er stellte eine neue Leinwand auf seine Staffelei, wählte auf der Palette drei Farben aus und begann zu malen.

Am Abend hatte er sein Werk vollendet und die Leinwand gegen das Fläschchen eingetauscht.

Auf dem Bild sah Aurélien eine Frau mit schwarzen Augen, schwarzem Haar und goldschimmernder Haut, die ihn sonderbar anschaute. »Genau das ist sie«, sagte er.

»Ich wusste es.«

Der Maler verabschiedete sich, nahm seine Sachen und ging.

Aurélien bat den Wirt des Gasthofs, das Bild für die Zeit seiner Abwesenheit aufzubewahren. »Ich hole es auf dem Rückweg ab. Ich heiße Aurélien Rochefer. Vergessen Sie diesen Namen nicht!«

»Und wann kommen Sie zurück?«

Der junge Mann lächelte flüchtig und antwortete: »Wenn ich das wüsste, würde ich gar nicht erst losfahren.«

Am Festtag der heiligen Céline ging Aurélien im Hafen von Marseille an Bord eines Schiffes, das Kurs auf die Küsten des Roten Meeres nahm.

Die Überfahrt war ruhig und schön, wie nur eine Reise auf dem Meer sein kann. Da war zunächst das Blau des Mittelmeers, dann die Korallenbänke des Roten Meeres und schließlich das Gold des afrikanischen Festlandes.

Seinen dreiundzwanzigsten Geburtstag feierte Aurélien ganz allein. Er war noch so jung. Doch er trank die Zeit, die unerbittlich über ihn hinwegging, nun zum ersten Mal in seinem Leben wie einen Kelch mit bitterem Gift.

Das lag zweifellos an seiner unausgeglichenen Seele. Sie erschien ihm unendlich schwer und wunderbar leicht zugleich. Als hätte sie auf unerklärliche, gleichwohl aber einleuchtende Weise bereits mehrfach ihren Dienst getan. Und als wäre dieses Leben das siebte und letzte.

Während Aurélien so über das Wasser des Mittelmeers glitt, hatte er das Gefühl, dass alles um ihn her hoffnungslos blau war. Ein Blau wie blitzender Feuerstein und kalt wie der Mond.

Erst in der Abenddämmerung fand er seine Unbeschwertheit wieder. Als die Sonne wie eine runde Biene im Meer versank und es vollkommen vergoldete.

Das Schiff legte zunächst in Port Said an. Port Said ist eine Wüste, die im Meer erstirbt. Dort gibt es nichts zu tun, als auf die nächste Abfahrt Richtung Süden zu warten.

Aurélien nutzte die Zeit, um sich die Stadt anzusehen, wurde aber von Bettlern und Händlern des Souks bedrängt, so dass er auf das Schiff zurückkehrte und nicht mehr von Bord ging.

Bis tief in die Nacht hinein hörte er das Bellen der Hunde. Von einer unbeschreiblichen Lebensfreude überwältigt, schlenderte er lange auf dem Deck umher. Er stand am Kreuzweg zweier Welten. Hinter ihm lagen die stillen, blauen Wasser Frankreichs. Und mit dem Roten Meer vor Augen passierte er das Tor zum Orient und trat Schritt für Schritt in die Hitze der Welt ein.

1869 hatte ein gewisser Ferdinand de Lesseps mit der Eröffnung des Sueskanals Abenteurern, Reisenden und Händlern einen neuen Weg nach Afrika gewiesen. Es war natürlich aberwitzig, das Feuer des Roten Meeres mit dem Blau des Mittelmeers zu verbinden. Doch neunzehn Jahre später kam Aurélien Rochefer dieser Aberwitz zugute.

In diesem Teil der Welt blutet die Erde aus, ergießt sich ins Meer und lässt den Himmel ihre Wunde mit großen Lichtkompressen heilen. Am Abend, als das Schiff in den Wellen schwankend, die durch das unverhoffte Aufeinandertreffen zweier Meere entstanden, langsam auf dem Sueskanal entlangglitt, atmete Aurélien die Wohlgerüche des Orients, und er spürte, dass er endlich im Vorgarten Afrikas war.

An einem Novembermorgen verließ er im Hafen von Aden im Jemen das Schiff. Er besaß wenig mehr als seinen Mut und seine Unbekümmertheit.

Aden ist ein Vulkan. Ein unermesslicher Krater, der einer Mondlandschaft gleicht, von tausend Sonnen zerfressen und von Rissen durchzogen wie eine Apfelsinenschale. Vom ersten Augenblick an kommt man dort um vor Hitze, und vom ersten Tag an möchte man diesem Eruptivgestein wieder entfliehen, das wie Weißglut schimmert und unter den Füßen glüht, ohne je auszubrennen.

Kaum war Aurélien an Land gegangen, wusste er, dass er nicht in diesem Backofen bleiben wollte. Er betrachtete die Felsen von Steamer Point, die sich in südlicher Richtung ins Meer schoben, spürte erneut den Lockruf der Ferne und hatte nur noch ein Ziel: das Rote Meer zu überqueren und in das innerste Afrika vorzudringen.

Zu den ersten Männern, denen er im Hafen begegnete, sagte er: »Ich will Gold suchen. Wo finde ich ein kleines Schiff, um übers Meer zu kommen, und eine Karawane, die mich nach Harar bringt?«

Die Männer bogen sich vor Lachen. Einer von ihnen, der keine Zähne mehr hatte, entblößte sein grünes, faulendes Zahnfleisch. Er spuckte einen schwärzlichen Schleim auf den Boden, als wollte er so seine Verachtung besser zum Ausdruck bringen. »In Afrika gibt es nichts zu suchen, höchstens Armut, Krankheit und Tod. Wenn dir dein Leben lieb ist, geh dahin zurück, wo du hergekommen bist!«

»Ist schon gut. Ich fahre trotzdem.«

Aurélien nahm seinen Reisesack, verabschiedete sich mit einem Kopfnicken und tauchte in die Stadt ein.

So war er. Wenn er in der Ferne etwas glänzen sah, konnte ihn nichts mehr von seinem Weg abbringen.

Der Zahnlose sah ein, dass selbst die nachdrücklichsten Beschwörungen diesen Fremden nicht abschrecken konnten. Das hatte er in dessen Augen gesehen. Denn Aurélien folgte einem Traum.

Aden war das Vorzimmer zum Reich des Todes. Egal, ob man umkehrte oder über das Rote Meer fuhr. In Aden bleiben, hieß, auf kleiner Flamme sterben.

Schließlich fand er einen Fährmann, der ihn übers Meer bringen wollte, und eine Karawane, die bereit war, ihn gegen gute Bezahlung nach Harar mitzunehmen. Es waren einheimische Händler, die Öl, Wachs und Waffen transportierten.

»Wo willst du hin?«, fragten die Händler.

»Bis zur Endstation. In die heilige Stadt Harar.«

»Du kannst mit uns kommen.«

Aurélien willigte ein und schloss sich der Karawane an.

Mit ihm waren sie sieben Männer mit von Sonne und Sandsturm gegerbter Haut, sieben Männer auf ihren Meharis, die zu einer unmöglichen Reise in ein unbekanntes Reich aufbrechen wollten. Sieben Männer, die der Wahnsinn gepackt hatte. Ihr jemenitischer Anführer hatte Augen so schwarz wie die Nacht und eine breite Narbe, die ihm quer über das halbe Gesicht lief. Er trennte sich nie von einem langen Krummsäbel, der an seiner Hüfte baumelte. Angelockt von der Aussicht auf Gewinn, wollten diese Männer ihre Waren an den Ras von Harar verkaufen.

Jeden Morgen traf Aurélien sie am Kamelmarkt vor dem imposanten Wohnsitz Auguste Janviers.

Dort harrten sie schweigend auf den geeigneten Moment zum Aufbruch. Doch jeden Morgen machte der jemenitische Anführer ein ernstes Gesicht und teilte Aurélien mit, die Reise sei verschoben.

»Worauf wartet ihr denn noch?«, erkundigte sich Rochefer.

»Auf das Geld, das Janvier uns schuldet.«

Auguste Janvier gehörte zu den Männern, um die sich Legenden ranken. Er besaß ein florierendes Geschäft und gewiss das schönste Haus in Aden.

Er verabscheute Frauen und Eingeborene.

Er war zweihundert Pfund und einige Tonnen Gold schwer.

Und er war so arm an Gefühl, wie er reich an Geld war.

Drei Tage lagerten die Eingeborenen vor der Tür von Auguste Janvier.

»Auguste Janvier zahlt nie«, sagte der Anführer.

»Warum nicht?«, fragte Aurélien.

»Weil er der reichste von allen ist. Nur die Leute, die Geld haben, zahlen nie. Darum sind sie ja auch die reichsten.«

»Wieviel schuldet er euch?«

»Das Geld für hundert Kilo Kaffee. Einen Betrag von tausend Talern.«

»Und diese Summe würde reichen, um eine neue Karawane nach Harar auszurüsten?«

»Ja.«

Der Bienenzüchter runzelte die Stirn. Dann sagte er: »Besuchen wir diesen Monsieur Janvier.«

Aurélien begleitete den jemenitischen Anführer zu Auguste Janvier. Da er Europäer war, fiel es ihm nicht schwer, in das Haus des wichtigsten Kaufmanns von Aden vorzudringen. Auguste Janvier erwartete ihn nicht. Er erwartete übrigens nie jemanden. Als sie in sein Büro platzten, stießen sie auf einen Mann von beeindruckender Statur und mit strengem Blick.

»Wer hat Sie hereingelassen?«

»Niemand. Warum bezahlen Sie diesen Mann nicht?« Aurélien wies auf den jemenitischen Anführer.

Dieser zitterte wie Espenlaub und brachte kein Wort über die Lippen.

»Weil ich ihm nichts schulde. Ich mache nur mit zivilisierten Menschen Geschäfte. Diesen Kaffee hat er mit Sicherheit einem Weißen gestohlen, und Diebe bezahle ich nie.«

»Wenn das so ist, schulden Sie mir etwas«, sagte der Bienenzüchter. »Dieser Kaffeevorrat gehört mir. Ich habe ihn diesem Mann anvertraut, damit er ihn in Aden verkauft. Sie schulden mir also tausend Taler.«

Auguste Janvier verhehlte sein Erstaunen, dachte kurz nach, sah Aurélien scharf an und sagte: »Sie lügen.«

»Wo ist der Beweis?«, gab Aurélien zurück. »Und wo ist der Beweis dafür, dass nicht Sie diesen Kaffee gestohlen haben?«

Auguste Janvier lächelte und zog ein Bündel Geldscheine aus seiner Tasche. »Hier sind fünfhundert Taler. Die gehören Ihnen. Mehr ist diese Kaffeelieferung nicht wert. Verschwinden Sie jetzt, und geben Sie mir Ihr Wort darauf, dass Sie sich nie wieder für die Eingeborenen einsetzen! Sie ruinieren damit meine Geschäfte.«

Aurélien nahm das Geld, gab es dem jemenitischen Anführer und verließ den Raum, wobei er dem Blick Auguste Janviers standhielt. Bevor er hinausging, sagte er noch: »Keine Angst. Mein Wort ist Gold wert.«

Die Jemeniten auf dem Kamelmarkt jubelten vor Freude, als ihr Anführer verlockend mit dem Geldbündel wedelte.

»Wie kann ich mich erkenntlich zeigen?«, fragte der Anführer.

Aurélien dachte nach. »Bring mich in die heilige Stadt Harar.«

»Nichts leichter als das. Aber was kann ich noch für dich tun?«

»Versprich mir, dass du nie wieder mit diesem Mann Geschäfte machst.«

Noch am selben Abend verließen sie Aden. Sie warteten bis zum Einbruch der Dunkelheit, um Kamele und Waren auf das Küstenschiff zu laden. Aurélien sprach kein Wort. Er begnügte sich damit, sich ein wenig umzuschauen. Was er sah, war wunderbar: stille Wasser, die warme, duftende Nacht, das Korallenmeer und Afrika, endlich, das wahre Afrika, dort in der Ferne, hinter der Schranke des Wassers, das im Glanz der Sterne funkelte.

Am nächsten Tag erreichten sie Zeila. Sie ließen die Küste des Roten Meeres hinter sich und zogen in die Somaliwüste.

Die eigentliche Reise begann.

Die Somaliwüste ist ein grausamer Ort. Die Tage sind glühend heiß und die Nächte eiskalt. Der Wind weht ohne Unterlass, Pflanzen sind nicht zu sehen, und die Felsen sind tückisch und scharf wie Feuerstein. Dort leben Schlangen, Skorpione, Raubtiere und wilde Volksstämme. Dort herrschen Krankheit, Durst und vor allem die Sonne über den Menschen. Eine unerbittliche Sonne. So nahe, dass man sie fast mit Händen greifen kann.

Die Reisenden wanderten Woche um Woche, gleichgültig gegen Hitze und Gefahr. Am dreizehnten Tag wurde einer der Jemeniten von einer Raubkatze angefallen und erlag seinen Verletzungen. Wenig später wurden zwei weitere Männer, die das Gelände auskundschafteten, von den Danakil massakriert, fanatischen muslimischen Hirten, die sich Reisenden gegenüber feindlich verhielten.

Ein vierter Mann, der der Ruhr zum Opfer fiel, fand innerhalb weniger Stunden den Tod. Ein fünfter starb an Malaria. Sie mussten Proviant zurücklassen und bis zur Erschöpfung weiterziehen.

Je weiter man in die Wüste vordringt, umso stärker wird das Gefühl, gegen das Nichts zu kämpfen. Jeder Tag ist gleich, jede Etappe eine Hölle, jeder Schritt ein Schmerz.

Für Aurélien war die Somaliwüste eine erschütternde Initiation. Zum ersten Mal erkannte er den Wert des Lebens. Und an der Zerbrechlichkeit dieses Wertes erkannte er, dass das Leben in der Wüste nur von einer Winzigkeit abhängt: von einem Tropfen Wasser. Denn Wasser ist das Gold der Wüste.

Als der letzte Wassertropfen Auréliens Lippen benetzte, sahen sich die zwei Männer an, und sie wussten, dass sich der wahre Wert des Lebens nun an ihrem Widerstand gegen den Durst messen würde.

»Harar ist zwei Tagesmärsche entfernt. Wir müssen also Tag und Nacht marschieren. Sonst ist es aus mit uns.«

Aurélien nickte. Er wollte seinen Speichel nicht für unnütze Worte vergeuden. Denn er hatte keinen Speichel mehr.

Durst ist eine seltsame Qual. Sie kann in den Wahnsinn treiben.

Am ersten Tag hatte Aurélien Schwindelanfälle. Er versuchte, seine Aufmerksamkeit auf die Landschaft zu richten, doch die trockene Einöde erfüllte ihn nun mit Entsetzen.

Am Abend, als sie sich ein wenig ausruhten, glaubte er, bald sterben zu müssen. Nur die Kamele ohne ihre Packsättel schienen dem Durst zu trotzen.

»Meinst du, wir schaffen es?«, fragte er den Mann mit den schwarzen Augen.

Der Jemenit sah ihn fest an und sagte: »Wir müssen! Verdursten ist die grausamste Qual, die ich kenne. Ich habe Tiere verdursten sehen. Diese Tortur wünsche ich niemandem.«

Aurélien dachte nach: »Glaubst du, dass man sieben Leben hat?«

Der Jemenit sah ihn mit sonderbarer Miene an. Dieser Europäer sprach wie ein weiser alter Mann. »Ich weiß nicht. Vielleicht brauchen manche Seelen viel Zeit, um sich zu entwickeln.«

»Sieben ist eine gute Zahl. Das siebte Leben ist Gold wert.«

»Ja«, sagte der Jemenit. »Es ist schließlich auch das letzte, aus dem man etwas machen kann.«

Dann schwiegen sie lange. Das Heulen des Windes störte diese Stille nicht.

»Also müssen wir weiter und immer weiter gehen«, sagte Aurélien und stand auf.

»Bist du nicht müde?«

Der Bienenzüchter fuhr sich mit der Zunge über die ausgetrockneten Lippen. »Nein. Ich bin nicht lebensmüde.«

In dieser Nacht beim Marsch durch die Wüste machte Aurélien eine Erfahrung, wie sie sich gewöhnlich erst im Angesicht des Todes einstellt: Er spürte, dass das Leben nur an einem einzigen Faden hängt. Einem Goldfaden, der aus den Tagen gewirkt ist, an denen man begreift, dass das Bedürfnis, seinen Durst zu stillen, immer größer sein wird als der Genuss, zu trinken. Dass der Wunsch, am Leben zu bleiben, immer schöner sein wird als der Genuss, zu leben.

Und er wollte aus Leibeskräften mit diesem Faden verbunden bleiben.

Am zweiten Tag des Durstes gelang es dem jemenitischen Anführer, frühmorgens ein paar Tautropfen von einer Wurzel zu sammeln.

»Hier«, sagte er. »Drei Tropfen für jeden.«

Aurélien führte den Tau an die Lippen und wusste, dass diese wenigen Tropfen mehr wert waren als alles Gold der Welt.

»Heute abend sind wir in Harar«, sagte der Jemenit.

»Heute abend sind wir in Harar«, wiederholte Aurélien.

Sie erreichten Harar und konnten sich vom Durst befreien, doch nicht von den Menschen.

Kaum in der Stadt angekommen, stürzten sie zu einem Brunnen. Sie hatten ihren Durst gerade gestillt, als bewaffnete Männer sie festnahmen und zu Ras Makonnen brachten, dem Gouverneur von Harar.

»Wer bist du, und was machst du hier?«, fragte der abessinische Würdenträger den jemenitischen Anführer.

Er saß im Schneidersitz auf dem Boden und trug ein schlichtes, sandfarbenes Gewand. Seine Augen waren schwarz und lebhaft, und er fuhr sich beständig mit einer Hand durch den Bart.

»Ich bin Kaufmann. Ich bringe Öl, Wachs und Waffen.«

Er packte seine Waren aus.

Der Ras warf ihm einen kalten Blick zu. »Mein Volk stellt selbst Öl und Wachs im Überfluss her und verträgt keine Konkurrenz. Und der Verkauf von Waffen ist in dieser Region verboten. Deine Ware wird deshalb beschlagnahmt, und du wirst wegen illegalem Handel aus der Stadt geworfen.«

Der Anführer protestierte mit lautem Geschrei, doch zwei Männer ergriffen ihn und schafften ihn fort.

»Und du? Wer bist du, und was willst du hier?«, fragte der Ras, nun an Aurélien gewandt.

»Ich bin Goldsucher.«

»Und dafür bist du nach Abessinien gekommen? Um reich zu werden?«

»Ja. Nur dafür.«

»Man hat dich wohl falsch unterrichtet. Hier wirst du nichts Wertvolles finden. Bestenfalls Kupfer oder Tonerde. Alles, was dieses Land an Gold hergibt, habe ich bereits geschürft. Es ist nichts mehr übrig, nicht ein Goldklümpchen.«

»Ich denke, ich werde es trotzdem versuchen.«

»Wie du willst. Aber weißt du überhaupt, wozu Gold gut ist?«

»Zum Träumen.«

Ras Makonnen war ein Gott unter den Menschen, wie Aurélien Rochefer ein Mensch unter den Träumen war. Ohne ein Wort, nur an ihren Blicken erkannten sie, dass auf dem Grund ihrer Augen das gleiche Gold funkelte.

»Du kannst dich in ganz Abessinien frei bewegen, vorausgesetzt, du respektierst die Gebote des Islam. Jetzt geh!«

Aurélien bedankte sich bei ihm und zog sich nach einer ehrerbietigen Verbeugung zurück. Als er die Tür erreichte, begegnete sein Blick dem einer jungen Frau, die ins Zimmer trat. Sie war so schön, dass es ihm die Sprache verschlug. Ihr Haar schimmerte schwarz, und ihre Haut war honiggolden. Die junge Frau sah ihn an, ging wortlos an ihm vorbei und kniete neben dem Ras nieder.

Bevor Aurélien den Raum verließ, wandte er sich noch einmal an den Gouverneur: »Wohin kann ich gehen, um Gold zu finden?«

Als hätte er gewusst, dass der junge Mann ihm diese Frage stellen würde, strich sich Makonnen den Bart glatt und antwortete unverzüglich: »Hier gibt es kein Gold, das habe ich dir doch schon gesagt. Es ist besser, du kehrst nach Hause zurück.«

Aurélien sah ein letztes Mal zum Ras hinüber und dann zu der Frau neben ihm. Für einen kurzen Moment wandte sie ihm ihr Gesicht zu. In ihrem Blick lag etwas Sonderbares.

Diese Frau besaß die Macht, allein durch ihren Blick den Keim der Liebe einzupflanzen. Im Feuer ihrer Augen lag eine Gefahr für das Herz.

Der Blick der jungen Frau hatte einen alten Schmerz in ihm wachgerufen, brennend wie der Stich einer Biene, deren Stachel sich nicht entfernen läßt. Diesen Schmerz nennt man Liebeskummer.

Am nächsten Tag erschien Aurélien Rochefer erneut vor dem Ras, kniete vor ihm nieder und fragte: »Wie heißt sie?«

Er meinte die junge Frau vom Vortag.

Makonnen, der im Schneidersitz saß, sah ihn lange an, bevor er sich seinerseits erkundigte: »Warum interessierst du dich für sie?«

»Weil sie einer Frau ähnelt, die ich im Traum gesehen habe.«

Der Abessinier brach in Gelächter aus. »Träume sind schlechte Ratgeber. Du solltest die Frau lieber vergessen.«

Dann machte er eine Handbewegung, die Aurélien befahl, sich zurückzuziehen.

Das Bild der jungen Frau ging Aurélien nicht mehr aus dem Sinn, und so ging er am dritten Tag nochmals zu Makonnen.

»Wer ist diese Frau?«

»Ich weiß es nicht. Übrigens weiß das niemand. Die jungen Galla-Frauen sind sehr zurückhaltend.«

»Ihr Name ist nicht wichtig. Wo ist sie jetzt?«

Zum zweiten Mal antwortete der Ras ausweichend: »Das weiß niemand. Sicher ist sie in ihr Heimatdorf in den Bergen zurückgekehrt.«

»In welchen Bergen?«

Der Ras machte eine unbestimmte Geste, so als wollte er eine Fliege verscheuchen. Es war das Zeichen, dass er nichts mehr sagen würde.

Aurélien seufzte, stand auf und verabschiedete sich.

Am vierten Tag ging Aurélien erneut zum Ras, kniete vor ihm nieder und fragte: »Wer ist diese Frau?«

»Du bist wirklich noch störrischer als ein Maultier. Ich habe es dir doch schon gesagt: Sie ist eine junge Galla-Frau.«

»Wo ist sie jetzt?«

Diesmal antwortete der Ras nicht.

Aurélien stand auf und wollte sich verabschieden, einmal mehr von der Nutzlosigkeit seines Ansinnens überzeugt, doch Makonnen bedeutete ihm, zu bleiben. Während der Ras sich langsam über den Bart strich, sagte er: »Du hast mir jetzt dreimal die gleiche Frage gestellt, und der Brauch verbietet es, dreimal hintereinander zu lügen. Hier hast du die Antwort auf deine Frage: Wenn es dir gelingt, das Land der Bienen zu finden, findest du auch die Frau, die du suchst.«

Die Stimme des Abessiniers hallte wie der Ruf eines Muezzins vom Minarett in Auréliens Ohren. Er sagte lange kein Wort. Dann, als sei es ein Geheimnis, das nur die Götter kennen, wiederholte er leise: »Das Land der Bienen?«

»Ja. Ein Gebirge mit zerklüfteten Felswänden, in denen sich Honigwaben befinden. Man nennt diesen Ort den Bienenfelsen. Es heißt, allein in diesem Gebirge gebe es mehr Honig als in ganz Abessinien zusammen.«

Aurélien konnte nicht erkennen, ob der Abessinier die Wahrheit sprach, oder ob er log, um ihn aufzuhalten. Doch Makonnen sah ihm direkt in die Augen, und er verstand, dass dieser Mann ihm helfen wollte.

»Und wo ist dieser Ort?«

»Im Hochland, im Land der Galla.«

Makonnen strich sich schweigend über den Bart, griff nach einer Orange und biss hinein. Der Saft rann über seine Hand, und drei Tropfen fielen auf den gestampften Lehmboden, wo sie drei winzige Staubwölkchen aufwirbelten.

»Ich mache mich auf den Weg«, sagte Aurélien. »Und ich werde diese Frau finden.«

»Vergiss nicht, dass der Bienenfelsen ein heiliger Ort ist!«

»Warum hast du mir dann sein Geheimnis verraten?«

»Nichts kann dich davon abhalten, deinem Traum zu folgen. Doch bedenke: Wenn du zum Bienenfelsen vordringst, verletzt du die Gesetze der Galla. Damit setzt du dein Leben aufs Spiel.«

Aurélien dachte lange nach, während seine Finger über einen imaginären Bart strichen. »Dieses Risiko nehme ich auf mich.«

Am fünften Tag war es Makonnen, der Aurélien rufen ließ.

»Was du da vorhast, ist eine gefährliche Reise«, sagte der Ras. »Und ich bin davon überzeugt, dass du das, was du suchst, schließlich auch finden wirst. Aber dann wirst du bedauern, es gefunden zu haben. Warum willst du nicht nach Aden zurückkehren und von dort mit dem Schiff nach Hause fahren?«

»Weil ich Afrika brauche. Und weil ich sie brauche.«

Der Ras senkte zum Zeichen des Einverständnisses den Kopf. Er rief einen seiner Diener, gab ihm einen Befehl und reichte Aurélien kurz darauf ein silbernes Kästchen. »Öffne es«, sagte er.

Aurélien klappte den Deckel auf und erblickte zwei kleine Schmuckstücke, zwei Bienen aus reinem Gold.

»Diese Bienen sind für dich. Wenn du sie anschaust, wirst du dich an mich, an deinen Traum und an Afrika erinnern.«

Eine Woche später verließ Aurélien Rochefer die Stadt Harar und brach zum Bienenfelsen auf.

Um auf den gefährlichen Straßen den Schutz einer Eskorte zu genießen, schloss er sich einer Karawane an, die nach Ankober unterwegs war. Sie bestand aus fünf Mann und wurde von einem Franzosen angeführt, den die Eingeborenen den *Faranji* nannten und der Waffen an Kaiser Menilek verkaufen wollte.

»Wer bist du, und wohin willst du?«, fragte er Aurélien.

»Ich bin Goldsucher, und ich will sieben Tagesmärsche weiter in westliche Richtung.«

»Wenn du dich unserer Karawane anschließen willst, kostet das fünfzig Taler plus Proviant.«

Aurélien zahlte, was man von ihm verlangte. Der Karawanenführer verstaute das Geld in einem Gürtel, von dem er sich niemals trennte.

Die Karawane setzte sich in Bewegung, und für den Rest des Tages sprach keiner der Männer mehr ein Wort. Bei Einbruch der Dunkelheit beschlossen sie, an einem Brunnen zu rasten.

Nach dem Essen am Feuer brach der Faranji sein Schweigen. Er sagte zu Aurélien: »In diesen Bergen gibt es kein Gold. Was suchst du wirklich da oben?«

Rochefer erkannte, dass sein Begleiter nicht leicht zu täuschen war. Er holte eine Zigarette aus seinem Etui, zündete sie mit etwas Glut an, nahm langsam einen Zug und antwortete, während er den Rauch ausstieß: »Ich suche nach dem Bienenfelsen.«

Der Faranji sah ihn mit seinen kleinen, flinken Augen forschend an. »Vor langer Zeit hat mir ein alter Mann davon erzählt. Doch ich bezweifle, dass es diesen Ort wirklich gibt. Wer hat dir davon erzählt?«

»Ein Traum.«

Der Faranji sagte nichts. Er hob den Kopf zum Himmel und betrachtete die Sterne, die in der Nacht funkelten. »Wenn es ein Traum ist, lohnt es sich vielleicht, nach diesem Ort zu suchen.«

Am Abend des zweiten Reisetages machte die Karawane an einem Wadi halt, wo die Kamele ihren Durst löschen konnten. Nach dem Essen legten die Männer ihre Matten auf den Boden und schliefen ein.

Der Faranji stopfte seine kleine Meerschaumpfeife, rauchte und schaute zu den Sternen auf. Aurélien gesellte sich schweigend zu ihm. »Was hast du früher in Frankreich gemacht?«, fragte er.

»Ich habe mich gelangweilt.«

»Bist du darum nach Afrika gekommen?«

»Ja. Doch hier langweile ich mich noch mehr. Ich bin ein Pechvogel. Ich möchte gern wieder nach Hause und heiraten. Aber ohne Geld? Wer nimmt mich da schon?«

Aurélien schwieg.

»Und du, was hast du vorher gemacht?«

»Ich war Bienenzüchter.«

»Suchst du deshalb nach dem Bienenfelsen?«

»Nein. Ich bin gekommen, um nach Gold zu suchen. Dann bin ich einer Frau begegnet, derselben, die ich im Traum gesehen habe. Und schon bin ich wieder in der Welt der Bienen. Das ist Zufall.«

»Niemals«, sagte der Faranji. »Es gibt keine Zufälle.« Dann blies er den weißen Pfeifenrauch in das goldene Gespinst der Sterne.

Als Aurélien am nächsten Morgen die Augen aufschlug, merkte er, dass sich unter seiner Decke etwas bewegte.

»Steh nicht auf«, sagte der Faranji. »Dreh dich zur Seite weg. Ganz vorsichtig!«

Aurélien gehorchte. Als er auf den Sand rollte, sah er, dass er auf einem Skorpionsnest geschlafen hatte.

»Skorpione suchen immer die Wärme. Besonders, wenn die Nächte kühl sind. Jetzt weißt du es.«

Der Bienenzüchter dankte seinem Weggefährten.

»Bei mir brauchst du dich nicht zu bedanken. Bedanke dich lieber bei der Wüste, die dich lehrt, zu überleben.«

In den folgenden Tagen zogen sie schweigend weiter. Es war zu heiß, um mit Worten Kraft zu vergeuden.

Am sechsten Tag trafen sie einige Angehörige der Galla, die zum Markt von Harar wollten, um Schafe zu verkaufen. Der Faranji fragte sie nach dem Weg zum Bienenfelsen. Sie gaben in ihrer Sprache Auskunft und setzten ihren Weg fort.

»Was du suchst, ist nicht mehr weit«, sagte er zu Aurélien.

Er zeigte ihm ein Gebirgsmassiv, das sich wie eine Fata Morgana jenseits der Steinwüste lautlos am Horizont erhob. »Hinter diesen Bergen dort«, sagte er zu Aurélien, »hinter diesen Bergen liegt dein Schicksal.«

»Und du, Faranji, wohin gehst du?«

Der Mann reckte sein hageres Gesicht zum Himmel. Wie durch einen Lichtregen schien er an den Boden gefesselt zu sein. »Ins Anderswo. Den Rausch formulieren.«

Der Bienenfelsen lag hoch oben auf einem Bergplateau in einem der abgelegensten Winkel des Galla-Landes. Am siebten Tag der Reise gelangte die Karawane in eine Gegend, die von der übrigen Welt offenbar abgeschnitten war. Das Wetter war kühl und wunderbar, und auf den Hängen wuchs ein üppiges Grün. Es war eine zauberhafte Landschaft.

Der Faranji verabschiedete sich noch am selben Abend von Aurélien und zeigte ihm einen Pfad, der sich hoch ins Gebirge schlängelte. »Hier trennen sich unsere Wege. Viel Glück, Bienenzüchter!«

»Viel Glück auch für dich!«

Die Karawane zog nach Ankober weiter, und der Faranji verschwand hinter einem Hügel.

Nun wurde Aurélien bewusst, dass er allein war. Allein mit dem Wind im Gebirge und der Wüste zu seinen Füßen. Er war allein mit seinem Traum und empfand keine Angst. Er wandte dem Bienenfelsen den Rücken zu und sah in die Einöde hinunter, die er endlich hinter sich gelassen hatte. Seine Einsamkeit offenbarte ihm die wahre Dimension der Wüste. Er atmete tief durch. So weit das Auge reichte, erstreckte sich der rote Horizont. Mit einem Mal fühlte Aurélien sich stark. Alles ringsumher gehörte ihm. Selbst die Stille.

Er stand mit dem Gesicht zur Sonne, die Lippen vom Wind verbrannt, und genoss das Glück, zu leben, in vollen Zügen.

Dann machte er sich auf seinen Weg über Steine, die scharf wie Messerklingen waren. Er kam zu dem Hochland, das im Süden, Osten und Westen von einem mehr als tausend Fuß tiefen Abgrund umgeben war, nach Norden jedoch von einem steil aufragenden Massiv begrenzt wurde. Aurélien folgte dem Pfad bis zu diesem Steilhang. Hier schien es nicht weiter zu gehen. Er beschloss, am Fuß des Berges entlangzuwandern, bis er einen Weg finden würde, auf dem er seinen Aufstieg fortsetzen konnte, doch die Felswand blieb unbezwinglich.

Er war schon im Begriff umzukehren, als er wenige Schritte entfernt ein Geräusch hörte. Er horchte. Dann machte er eine wunderbare Entdeckung: Er sah eine Quelle.

Wie durch Zauberei sprudelte die Quelle aus dem Felsen.

Sie floss dort seit tausend Jahren.

Ein Wasser aus dem Nirgendwo.

Da war es, das Leben.

Aurélien kniete sich auf den Boden und trank von dem klaren Wasser. Als er seinen Durst gelöscht hatte, stand er auf und folgte dem Wasserlauf durch die Berge.

Nun drang eine andere Musik, summender als das Rauschen des Wassers, an sein Ohr. Aurélien schaute zum Gipfel hinauf und sah, dass er am Ziel seiner Reise war.

Er stand am Fuß des Bienenfelsens.

Unzählige Bienen von gigantischen Ausmaßen flogen über ihm umher. Ihr Summen war so laut, dass er einige Augenblicke wie taub war. Der Felsen beherbergte Millionen von Bienen, die auf dem dunklen Gestein wie goldene Punkte leuchteten. Über dem Abgrund waren zwischen den Bienen Menschen zu erkennen, die sich kaum von der Felswand abhoben.

Es waren Honigsammler. An eine Strickleiter geklammert, versuchte einer von ihnen, einen Bienenschwarm von einer Honigwabe zu vertreiben, die er mit einem Stock durchbohrte. Wie geschmolzenes Gold floss der Honig über den dunklen Felsen in einen Krug.

Während drei Männer den Honigkrug behutsam am Berg hinabließen, kletterte der Sammler mit beeindruckender Behendigkeit die Strickleiter hinunter. Als er am Fuß des Felsens ankam, nahm er den Schleier ab, der sein Gesicht geschützt hatte.

Aurélien Rochefer staunte nicht schlecht, denn der Honigsammler war eine Frau.

Sie war schön, und sie sah ihn an. Sie zog das Gewand aus, das sie vor Bienenstichen schützte, und war plötzlich nackt bis auf ein kleines goldenes Dreieck auf ihrer Scham.

Sie tauchte ihre Hand in den Krug und zerdrückte das Wachs, um an den Honig zu kommen. Mit unendlicher Langsamkeit führte sie die Hand zum Mund, und Aurélien sah, wie das Gold über ihre Haut floss. Er bebte vor Freude.

Die junge Frau ging zum Wasserlauf an der Felswand und erfrischte sich. Dann kam sie zu Aurélien, nahm seine Hand und führte ihn wortlos ins Dorf.

Ich suche nach Gold«, sagte Aurélien.

Doch die Frau verstand seine fremde Sprache nicht, und jedesmal wenn er den Mund öffnete und französisch sprach, lachte sie.

Das Dorf war nicht mehr als ein provisorisches Lager. Es lag auf einem Bergrücken am Rande eines Abgrunds im südlichen Teil der Hochebene, und man musste sich gefährlich weit ins Leere vorbeugen, um den Pfad zu sehen, der sich zum Lager hinaufschlängelte. Aurélien bemerkte, dass dieses ungewöhnliche Volk seine Behausungen wie die Waben eines Bienenstocks angeordnet hatte. Die nebeneinander liegenden Torfhütten glichen Wachszellen. In der Mitte stand die der Königin, jener Frau mit der goldschimmernden Haut, der er am Hof von Ras Makonnen begegnet war. In dieser Hütte wurde er untergebracht, und hier wartete er auf ihr Kommen. Aurélien verstand sofort, dass sie die Gebieterin der Männer und Frauen dieses Stammes war.

Als sie eintrat und Aurélien erblickte, der im Schneidersitz mitten im Raum saß, schaute sie ihn lange an, setzte sich ihm gegenüber und klatschte in die Hände. Sogleich brachten zwei Männer einen großen Korb mit Früchten, eine Kanne Wasser und einen Topf voller Honig.

Sie nahm eine Frucht, tauchte sie in den Honig und führte sie mit betörender Sinnlichkeit an ihre Lippen. Ein Honigtropfen glitt langsam von ihrem Mund zum Kinn, dann weiter ihren Hals entlang und rollte auf ihre nackte Brust.

Aurélien schluckte dreimal, ohne auch nur einen Blick von dem Tropfen zu wenden. Dann sah er auf und traf überrascht auf zwei schwarze Augen, die lustvoll in seinen versanken.

Die Frau schenkte ihm ein strahlendes Lächeln, nahm eine zweite Frucht, überzog sie mit Honig und führte sie diesmal zum Mund des Fremden. Aurélien ließ sich füttern wie ein Kind.

Als er in das Fruchtfleisch biss, ohne sich von diesem Blick zu lösen, in dem für ihn die ganze Kraft der Sonne lag, spürte er, wie eine sonderbare Wonne in seinem Körper aufstieg.

Das Dorf veranstaltete ihm zu Ehren am Abend ein Fest. Man brachte Aurélien ein Tablett mit Früchten, Gelée Royale und Nektar. Die Trommler schlugen einen hypnotischen Rhythmus, zu dem die Frauen um das Feuer tanzten.

Die Königin verfolgte das Schauspiel schweigend und klatschte zuweilen im Takt der Musik. Sie saß im Schneidersitz rechts neben Aurélien am Feuer, und sie aßen, ohne auch nur einen Blick zu wechseln. Nach dem Mahl nahm die Königin Aurélien bei der Hand und führte ihn in ihre Hütte.

Sie liebte ihn in jener Nacht voller Leidenschaft, während draußen das Fest weiterging. Mit ihren schwarzen Augen verschlang sie ihn, ohne ein einziges Mal in ihrem Liebesspiel innezuhalten.

Und ohne im Halbdunkel etwas anderes als diese zwei brennenden Flammen zu sehen, ließ sich Aurélien langsam von der Schönheit des Lebens überwältigen.

Am Morgen erwachte Aurélien wie aus einem langen Traum, der so schön gewesen war, dass die Wirklichkeit wie ein Stachel schmerzte.

Verstört rieb er sich die Augen und versuchte, sich zu erinnern. Er richtete sich auf seinem Lager auf und sah sich um. Die Frau mit der goldschimmernden Haut war fort.

Er verließ die Hütte. Die Sonne stand schon hoch am Himmel, und eine bleierne Stille lastete auf dem Dorf. Er war allein.

Er lief zum Felsen, sah dort aber nur die vielen riesigen Bienen, die unermüdlich Nektar sammelten und auf dem dunklen Stein Honig anhäuften. Die Menschen und ihre Königin waren verschwunden.

Wohl oder übel musste er sich den Tatsachen

fügen: Die Frau mit der goldschimmernden Haut hatte ihn nach der königlichen Hochzeitsnacht verlassen.

Aurélien kehrte in die Hütte zurück und fand auf seinem Reisesack einen sonderbaren Schatz.

Es war eine goldene Biene. Aus einem einzigen Goldklumpen gefertigt. Er nahm sie auf, betrachtete sie von allen Seiten, steckte sie in seine Hemdtasche und trat auf den Festplatz. Dann warf er einen letzten Blick auf das verlassene Dorf und auf die Hütte, die die Heimstatt seiner Träume gewesen war.

Viele Wochen irrte Aurélien Rochefer auf der Suche nach dem Stamm der Honigsucher und der Galla-Frau durch das Hochland von Abessinien. Er fand sie nicht. Weder die Frau, noch eine einzige Biene. Und ebenso wenig das Gold, nach dem er suchte. Doch er trug wie für immer eingebrannt den sonderbaren Geschmack dieser sonnenvergoldeten Haut auf seiner Zunge und war von dem Bild eines Honigtropfens beseelt, der langsam über eine goldschimmernde Brust gleitet.

Aurélien Rochefer kehrte nach Harar zurück und begab sich geradewegs zum Hof von Makonnen.

Als der Ras ihn erblickte, konnte er sein Erstaunen nicht verhehlen. Er schickte seine Untergebenen hinaus, ließ die Türen schließen und lud den jungen Mann ein, sich zu setzen.

Aurélien platzte sogleich mit der Frage heraus, die ihm auf der Seele brannte: »Wo ist sie?«

Der Ras sagte: »Ich habe nicht daran geglaubt, dich lebend wieder zu sehen.«

Schweigen.

»Du hast sie also gefunden. Und du hast sie geliebt. Das sehe ich an deinem Blick. Ich habe es sofort erkannt, als du zur Tür hereingekommen bist.«

»Wo ist sie jetzt?«, wiederholte Aurélien.

»Niemand kann das sagen. Es heißt, der Stamm sei fast immer unauffindbar. Einmal im Jahr, immer zur selben Zeit, zieht er zur Honigernte zu dem Felsen. Dann verschwindet er.«

Wieder schwiegen die beiden Männer.

»Am liebsten würde ich dahin zurückkehren.«

»Nein«, sagte Makonnen. »Die Frau mit der goldschimmernden Haut gewährt ihren Liebhabern nur eine einzige Nacht. Wer ihr Lager mehr als einmal teilt, unterschreibt sein Todesurteil.«

Aurélien zuckte nicht mit der Wimper. Doch er wusste, dass der Ras die Wahrheit sagte. Er fragte sich, ob die Königin ihm vielleicht das Leben gerettet hatte, indem sie noch vor ihm aufgebrochen war.

»Hast du die goldene Biene?«

Aurélien zog sie aus der Tasche und zeigte sie ihm. Stille breitete sich zwischen ihnen aus, als hätten sie sich nichts mehr zu sagen.

Aurélien stand auf und wandte sich zur Tür.

»Du wirst diese Frau niemals vergessen können«, sagte der Abessinier.

Diesmal drehte sich Aurélien nicht noch einmal um.

Zwei

An einem frühen Morgen in rotem Sonnenlicht hielt eine Karawane Einzug in die Stadt Aden. Unter den Reisenden war ein Mann namens Aurélien Rochefer. Er hatte viele Monate in der Wüste Abessiniens hinter sich.

Obgleich sein Körper mit einer feinen Staubschicht bedeckt war, schimmerte seine Haut wie goldener Honig.

Er trennte sich von der Karawane und ging zu einem Brunnen, wo er ausgiebig Wasser trank, das nach den Schalen von Bitterorangen duftete. In der kühlen Luft der Morgenröte beobachtete er, wie am Himmel des Orients ein Stern nach dem anderen verlosch. Er hatte Hunderte Kilometer zurückgelegt, bevor er nach Aden gekommen war, und die lange Karawanenreise im Licht des Mondes hatte ihn ausgelaugt. Vor Erschöpfung wie zerschlagen, breitete er auf dem Sand eine Matte aus und schlief im Schatten einer Palme ein.

Als er erwachte, stand die Sonne im Zenit. Am Brunnen schöpften verschleierte Frauen Wasser und sahen zu ihm herüber. Aurélien grüßte sie und fragte, wo das englische Viertel sei. Er wollte zum Konsul von Großbritannien. Er hatte in ihrer Sprache gesprochen, doch keine der Frauen antwortete ihm. Einige begnügten sich damit, ihn anzulächeln, andere brachen in schallendes Gelächter aus und zeigten mit dem Finger auf ihn wie auf ein komisches Tier. Mit seinen schweißverklebten Kleidern und der Sandkruste auf seinem Gesicht hatten sie ihn für einen Bettler gehalten.

Nur die jüngste von ihnen erkannte, dass er Europäer war. Sie ging zu Aurélien und sagte: »Der Mann, den du suchst, ist am südlichen Stadttor zu finden. Seine Dienststelle liegt in einem weißen Haus. Aber so, wie du aussiehst, kannst du nicht zum Konsul gehen.«

Die junge Frau trug einen großen Krug aus gebranntem Ton. Langsam goss sie Wasser über das Haar des Fremden. Das kostbare Nass rieselte an Auréliens Körper herab, und ihn schauderte vor Wohlbehagen. Als der Krug leer war, drehte er sich zu der jungen Frau und sagte schlicht: »Danke.«

Dann kramte er in seinem Reisesack und holte das silberne Kästchen hervor, das der Ras ihm geschenkt hatte und in dem sich die drei goldenen Bienen befanden. Eine davon reichte er der jungen Frau. Sie sah ihn erstaunt an.

»Dieser Schmuck ist für dich. Er soll dir Glück bringen.«

»Soviel ist eine Auskunft nicht wert. Ich kann diese Kostbarkeit nicht annehmen.«

Sie wollte sie zurückgeben, doch Aurélien schloss die Hand der jungen Frau über der Biene. »Das war nicht nur eine Auskunft. Du hast mir Wasser gegeben und mich gewaschen. Mehr noch: Du hast mit mir gesprochen, als alle anderen schwiegen.«

Die junge Frau betrachtete das glänzende Metall auf ihrer Handfläche. Dann sah sie den Fremden forschend an und fragte: »Wer bist du? Und woher kommst du?«

Aurélien seufzte. Sein blondes Haar, noch feucht vom erfrischenden Wasser, leuchtete heller als Sonnenlicht. Bekümmert flüsterte er: »Ich bin nichts als ein Traum. Und ich komme aus einem Traum.«

Er schwieg eine Weile, bevor er hinzufügte: »Ein Traum, zu dem ich keinen Schlüssel mehr besitze.«

Aurélien machte sich auf zum Südtor. Er irrte durch die engen Gassen, bis er den richtigen Weg fand. Niemand achtete auf ihn. Zwei-, dreimal rempelte ihn jemand an, doch stets ohne ihn eines Blickes zu würdigen. Es war, als sei er für die Menschen unsichtbar geworden.

Im britischen Konsulat bat er um eine Audienz. Ein alter Diener mit einer Haut so schwarz wie Ebenholz bat ihn, in einem Raum zu warten, dessen Jalousien den Blick auf die Straße freigaben. Der Lärm der Stadt drang wie ein Rauschen zu ihm, das in der erbarmungslosen Hitze, die vom Erdboden aufstieg, ohrenbetäubend anschwoll. Der Konsul empfing ihn in seinem Büro, wo Kanthariden umherflogen. Er war sichtlich erstaunt über Auréliens Jugend, und seine Ausstrahlung beeindruckte ihn. Was tat dieser Mann in Aden und vor allem: Was tat er hier ganz allein? Sein ins Ungewisse gerichteter Blick sagte ihm, dass er offenbar schon lange in Afrika unterwegs war.

»Monsieur, verzeihen Sie die Frage, aber woher kommen Sie?«

»Ich komme aus Abessinien. Genauer gesagt, aus Harar.«

Der Konsul zuckte zusammen. Dieser Mann kam aus einer sehr unwirtlichen Gegend, in die sich selbst die tollkühnsten Entdecker nur wagten, wenn sie ihr Leben aufs Spiel setzen wollten.

»Harar ist eine bedrohliche Stadt. Der Weg dorthin ist lang und gefährlich. Man verirrt sich schnell und findet leicht den Tod. Und man kehrt nie ganz von dort zurück.«

»Das weiß ich selbst. Ich habe drei Jahre gebraucht, um aus Abessinien herauszukommen.«

»Drei Jahre in Abessinien? Ich gebe zu, es fällt mir schwer, Ihnen zu glauben.«

»Trotzdem ist es wahr.«

»Was haben Sie denn in diesen drei Jahren gemacht?«

»Geträumt.« Langsam, sehr langsam wischte sich Aurélien den Schweiß von der Stirn und massierte sich den Nacken. Die Hitze war erdrückend.

Der Konsul wusste nicht, ob er diesem Mann glauben sollte. Die Bewegungen des Reisenden offenbarten grenzenlose Erschöpfung. »Und was haben Sie, von Ihrem Traum einmal abgesehen, da unten gesucht?«

Aurélien schwieg. Der Konsul wurde zu indiskret.

»Entschuldigen Sie meine Neugier, doch Sie sind ausgesprochen rätselhaft.«

»Ich habe nach Gold gesucht.«

Der Konsul stand auf und ging mit großen Schritten im Zimmer umher. Er schaute vom Fenster aus auf Aden, diese furchteinflößende Stadt. Dann drehte er sich wieder zu Aurélien und sagte: »Es spielt keine Rolle, ob Sie nach Gold gesucht haben oder nach sich selbst.« Und fast bedauernd setzte er hinzu: »Wenn ich Sie so ansehe, weiß ich genau, dass Sie weder das eine noch das andere gefunden haben.«

Aurélien merkte, dass es keinen Sinn hatte, diesem Mann seine Geschichte zu erzählen. Was konnte er schon von Abessinien und von der jungen Galla-Frau verstehen, er, der in diesem Büro versauerte, wo es überall nach Lebensüberdruss roch? Was konnte er von dem Bienenfelsen verstehen und von den drei Jahren des Herumirrens, die darauf folgten? Er beschloss zu schweigen und nickte bei allem, was der Konsul sagte, nur leicht mit dem Kopf.

»Sie sind nicht der Erste. Hier kommen viele von diesen Reisenden vorbei, die nach dem Absoluten streben, von diesen Goldsuchern, die eigentlich nichts anderes suchen als einen Grund zu leben. Ich erkenne sie immer schon von weitem. Sie kehren ärmer zurück als sie gekommen sind, ihrer Illusionen beraubt.

Doch was kann ich nun für Sie tun, Monsieur?«

Es entstand eine Pause. Die Wimpern des jungen Mannes bewegten sich, in Licht getaucht, langsam wie der Flügelschlag eines Schmetterlings.

»Sie können mir vielleicht helfen, nach Hause zurückzukehren.«

Während der Rückreise auf dem Schiff, das Aden mit Marseille verband, erkrankte Aurélien an Ruhr. Es ging ihm sehr schlecht, und die Überfahrt war ein einziger langer Leidensweg für ihn, den er nur wie durch ein Wunder überlebte.

Sein einziger Trost auf dieser Reise war die Begegnung mit einem Mann von überschäumender Originalität und seltener Beredtsamkeit. Dieser Mann hieß Hippolyte Loiseul, war Ingenieur und arbeitete an großen Projekten in Afrika. Für die Regierung, für den Bei von Tunis und für die Menschheit.

Wie schon der Maler in Arles war auch Hippolyte Loiseul ein ungewöhnlicher Mann. Hätte Aurélien seinen Charakter mit einer einzigen Farbe beschreiben sollen, hätte er seine liebe Not gehabt.

Wenn Hippolyte lachte, klirrten die Fensterscheiben. Wenn er rauchte, bewegte er sich in einem unbeschreiblichen Nebel. Wenn er etwas sagte, dann tat er das laut und dröhnend. Und er hatte zu allem etwas zu sagen.

In diesen Leidenstagen blieb Hippolyte an Auréliens Krankenbett, um ihm von seinen Reisen, von seinen Plänen und von seinen fixen Ideen zu erzählen.

Aurélien hörte schweigend zu. Um sich die Dinge besser vorstellen zu können, schloss er die Augen und ließ sich von der Stimme dieses Mannes wiegen.

»Im Ernst!«, sagte Hippolyte. »Ich war König dort unten in Afrika! Ich habe die Pläne für die erste Straße zwischen Karthago und der Sahara entworfen. Und ich habe tausend Frauen gehabt.«

»Ich habe nur eine gehabt, und ihre Haut schimmerte honiggolden. Sie war die Königin der Bienen.« Aurélien hatte sein Geheimnis verraten, nun da die Galla-Frau weit weg von ihm war. Er zog die zwei goldenen Bienen hervor und zeigte sie Loiseul.

Dem Ingenieur verschlug es die Sprache. Dann zündete er sich langsam eine Zigarre an und sagte: »Erzähl mir von ihr. Und erzähl mir auch von den Bienen.«

Als Aurélien seinen Bericht beendet hatte, spürten die zwei Männer, dass eine seltene und wertvolle Freundschaft zwischen ihnen entstanden war.

»Das ist eine schöne Geschichte. Eine wunderschöne Geschichte«, sagte Hippolyte.

»Seither träume ich von dieser Frau. Und ich weiß weder, wie ich sie wiederfinden, noch wie ich sie vergessen kann.«

Der Ingenieur dachte nach und sagte: »Man muss überhaupt nichts vergessen. Besuch mich in Paris! Ich werde dir etwas erzählen, das dir helfen kann, deinem Traum zu folgen.«

»Ich weiß nicht, ob ich die Kraft habe, nach Paris zu fahren.«

»Dann komme ich eben zu dir nach Langlade.

Und zwar so schnell wie möglich. Denn wenn man von einem Traum wie du von deinem heimgesucht wird, muss man sich beeilen, um ihn zu verwirklichen, bevor das Leben ihn mit sich fort nimmt.«

Im September 1891 ging Aurélien in Marseille von Bord und wurde unverzüglich ins *Hôpital de la Conception* gebracht.

Hippolyte Loiseul besuchte ihn noch am selben Tag, brach dann aber, von seinen Geschäften gerufen, in aller Eile nach Paris auf.

»In zwei Wochen bist du wieder auf den Beinen«, hatte er Aurélien beim Abschied prophezeit.

Doch Rochefer brauchte zwei Monate, bis er sich erholt hatte. Zwei Monate der Schwäche und des Leids, in denen er versuchte, den Sinn seines Lebens zu ergründen.

Als er wieder kräftig genug war, um sich auf den Beinen zu halten, begann er durch die Flure des Krankenhauses zu streifen, um die Zeit totzuschlagen, die ihn gefangen hielt. Im Nachbarzimmer lag ein Mann, dem man ein Bein amputiert hatte. Er sprach im Fieber von Afrika, von der Wüste und von Abessinien. Um seine Taille trug er einen Gürtel voller Gold.

»Der Faranji!«, rief Aurélien und stürzte an sein Bett. »Erinnerst du dich an mich?«

Doch die glasigen Augen des Mannes schienen ihn nicht zu erkennen.

»Wer bist du?«, fragte er mit wirrem Blick.

»Aurélien Rochefer. Wir waren zusammen unterwegs, unten in Abessinien. Erinnerst du dich denn nicht mehr an mich?«

»Doch. Kann sein. Ich weiß nicht.«

Der Faranji erinnerte sich an nichts mehr und kümmerte sich um nichts mehr. Weder um seinen nahen Tod noch um den der anderen.

Bevor er starb, schenkte er Aurélien einen kleinen handgeschriebenen Gedichtband.

»Hier, das ist alles, was mir geblieben ist. Alles, was von mir bleibt.«

Neugierig las Aurélien die Gedichte. Dann sagte er zu Tränen gerührt: »Das ist schön. Das ist wunderschön.«

Der Faranji sagte: »Spülwasser. Nichts als Spülwasser. Doch es rechtfertigt alles andere, dieses ganze Elend.«

Aurélien stellte ihm eine letzte Frage: »Warst du glücklich?«

Doch eine Antwort bekam er nicht.

Gott sei Dank, du hast kein Gold gefunden! Endlich bist du wieder da!«

Es war Léopolds Stimme, die den Reisenden begrüßte. Er hatte ein Telegramm aus Marseille erhalten und war zum Bahnhof von Arles gekommen, um Aurélien abzuholen. Auf seinen Stock gestützt stand er auf dem Bahnsteig und hielt einen Lavendelhalm in der Hand.

Aurélien flog in seine Arme und drückte ihn stürmisch an sich. Dann nahm er den Lavendelhalm und atmete tief ein. »Diesen Duft habe ich nie vergessen.«

»Wie solltest du auch?« sagte Léopold.

Der junge Mann legte den Halm in seine Brieftasche, fasste seinen Großvater bei den Schultern und schenkte ihm ein strahlendes Lächeln.

Bevor sie sich nach Langlade aufmachten, ging Aurélien Rochefer zum Gasthof *Carrel* in die Rue Cavalerie Nummer 30.

Er erkundigte sich nach dem Maler. Dem Mann, der drei Jahre zuvor für ein Fläschchen Lavendelduft das Porträt der Frau mit der goldschimmernden Haut gemalt hatte.

Man erzählte ihm, der Maler sei längst fort und habe sich wohl zusammen mit dem Parfüm verflüchtigt, doch das Bild, das er damals gemalt hatte, befinde sich auf dem Dachboden.

»Ich möchte es gern sehen«, sagte Aurélien. »Und bringen Sie mir einen Absinth! Davon träume ich schon seit drei Jahren.«

»Von dem Bild oder von dem Absinth?«, fragte der Wirt.

»Von beidem.«

Der Wirt schickte seine Frau das Porträt holen und goss den Absinth ein. Ein Glas, dann noch eines, denn er dachte, Aurélien müsse die ganze Zeit über großen Durst gehabt haben.

Die Frau kehrte mit einem kleinen goldgelben Bild in den Händen zurück, auf dem ein blauer Tupfer als Sonne zu sehen war.

Aurélien betrachtete es und sah, dass er vor einem Meisterwerk stand. »Es ist wirklich gut. Dieses Bild ist ihr wie aus dem Gesicht geschnitten. Kein Zweifel, dieser Mann hatte Talent.«

Ohne den Kopf zu heben, fragte Aurélien den Wirt: »Wissen Sie vielleicht, was aus dem Maler geworden ist?«

Der Mann zuckte mit den Schultern und wischte die Theke ab. »Keine Ahnung. Er ist verschwunden, wie er gekommen ist. Vielleicht ist er tot. Was geht mich das an.«

Aurélien bezahlte die Zeche und rüstete zum Aufbruch. Bevor er das Bild in seinem Gepäck verstaute, warf er noch einen letzten Blick darauf. Auf die Frau mit der goldschimmernden Haut. »Ein Meisterwerk. Ein wahres Meisterwerk«, wiederholte er entzückt.

Als er das Café verließ, fragte er noch: »Ob er wohl glücklich war?«

Doch diesmal erwartete er keine Antwort.

In Langlade empfing Clovis sie mit Jubelgeschrei. »Wer sagt's denn! Unser Herumtreiber ist wieder da!«

Nach vielen Umarmungen, bei denen Clovis reichlich Tränen und Absinth vergoss, machten sich Léopold und Aurélien auf den Weg zu ihrem Bauernhaus.

»Dann war die ganze Reise also letztendlich für die Katz?«

»Ganz und gar nicht, Großvater. Ganz und gar nicht! Mir bleiben Düfte, Bilder, Erinnerungen.«

»Und was hast du die ganze Zeit über getrieben?«

»Ich bin älter geworden.« Er ließ einen Moment verstreichen, bevor er fortfuhr: »Außerdem habe ich das hier mitgebracht.« Er reichte ihm das Kästchen mit den zwei goldenen Bienen.

»Was ist das?«

»Der Reichtum, den ich gesucht habe.«

Ich habe einen Plan.«

»Es ist schon das zweite Mal, dass du mir damit kommst. Beim ersten Mal ist es schief gegangen.«

Aurélien antwortete nicht. Er sah seinen Großvater an und lächelte.

»Und hier? Was gibt es Neues?«

»Weißt du, seit deiner Abreise hat sich nicht viel verändert im Dorf. Es sieht aus, als würde die Zeit hier langsamer vergehen als anderswo. Als wäre die Sanduhr verstopft und als würde ein größeres Körnchen die Zeit daran hindern, normal zu verrinnen.«

»Ein Sandkorn so groß wie ein Goldklümpchen?«, fragte Aurélien.

»Wieso, hast du denn Gold gefunden?«

»Nein, aber ich habe nachgedacht.«

»Willst du mir hier mit dem Lavendel helfen?«

Aurélien schwieg einen Augenblick, bevor er antwortete. »Nein. Ich möchte wieder Bienenzüchter werden.«

»Nach allem, was passiert ist? Das ist doch verrückt!«

»Weißt du, beim ersten Mal wusste ich nicht, welchen Weg ich einschlagen sollte. Jetzt weiß ich es. Ich komme aus Afrika, und ich heiße Aurélien Rochefer. Also lass mich nur machen, später wirst du es verstehen. Wichtig ist nur, dass ich zurückgekommen bin, um Großes zu vollbringen.«

Aurélien, dessen Blick sich im Ungewissen verlor, sah den alten Mann wieder an und fügte hinzu: »Weißt du, was ich hier machen werde?«

»Nein.«

»Etwas Schönes.«

Am nächsten Tag traf Aurélien Pauline.

»Da bist du ja wieder«, sagte sie nur, als sei er erst am Vorabend fortgegangen.

»Ja. Ich bin wieder da. Wegen der Bienen.«

Er zeigte ihr die zwei goldenen Bienen und erzählte von seinem Plan.

Pauline biss sich auf die Lippen. Sie war den Tränen nahe, doch er bemerkte nichts davon.

»Ich werde wieder ganz von vorn anfangen. Doch diesmal werden alle staunen. Es wird so schön, dass du es gar nicht fassen kannst.«

Paulines Gesicht verdüsterte sich zu einer Trauermaske.

»Weißt du, ich habe dort unten etwas Wunderbares erlebt.«

»Das freut mich für dich.« Pauline wandte den

Kopf ab, um ihre Betroffenheit zu verbergen. Am ganzen Körper zitternd fügte sie hinzu: »Sie muss wirklich schön sein, die Frau deiner Träume!«

Sie suchte zwischen den Lavendelfläschchen nach einem Umschlag und reichte ihn Aurélien. »Ich glaube, es ist besser, wenn ich ihn dir zurückgebe.«

»Warum? War es denn kein schöner Liebesbrief?«

Pauline seufzte. »Doch. Ein sehr schöner. Aber er war nicht für mich bestimmt.«

Aurélien Rochefer wurde mit etwa dreißig Bienenstöcken, um die er sich mit größter Sorgfalt kümmerte, wieder Bienenzüchter in Langlade. Die Ernte von 1892 war gut, und allmählich begeisterte sich der Imker wieder für seine frühere Leidenschaft.

Der Schnee kam, und die Bienen verkrochen sich zum Winterschlaf tief in ihren Stöcken. In den Waben war noch genug Honig bis zur ersten Blütezeit.

Eines Morgens, als Aurélien seine Bienen versorgte, kam Léopold zu ihm. Er setzte sich auf einen schneebedeckten Baumstumpf, nahm seinen Hut ab und fragte: »Was war denn los, da unten in Afrika?«

Aurélien stellte sich taub.

»Sag mir, was passiert ist!«

»Nichts Besonderes. Ich habe Gold gesucht und Honig gefunden. Das ist alles.«

»Ich rede nicht von Honig, sondern von der Liebe. Du hattest dort unten eine Frau, da bin ich ganz sicher!«

Der Bienenzüchter wandte den Kopf zu seinem Großvater. »Wer hat dir was von einer Frau erzählt?«

»Niemand. Und vor allem nicht du. Daher weiß ich es ja.«

Für den Bienenzüchter war das Leben in jenem Winter voller Muße. Die Tage verstrichen friedlich, während er auf den Frühling wartete.

Bei schönem Wetter bereitete sich Aurélien auf sein zweites Bienenjahr vor. Er war glücklich. Glücklich und unbeschwert. Denn er stand am Beginn seines Vorhabens, und er wartete nur noch auf einen Brief, um endlich richtig anzufangen.

Auf einen Brief von Hippolyte Loiseul.

Dieser Brief kam schließlich an einem Apriltag 1893. Aurélien sah mittags nach seinen Bienen und ging dann zu Clovis etwas trinken.

Dort traf ihn der Postbote in Clovis' Gesellschaft bei einem Glas Absinth in der Sonne. »Mit gerade so viel Wasser, um den Absinth zu trüben«, wie Clovis zu sagen pflegte.

Der Postbote gab Aurélien den Brief von Hippolyte Loiseul.

Dieser Brief schien den Sommer früher als erwartet zurückzubringen. Ein Brief, der Lebensfreude verbreitete. Und die Ankunft des Ingenieurs für den 1. Mai ankündigte.

Für den Tag der Blumen.

Und wie ist er so, dein Ingenieur?«

»Einmalig.«

»Und was noch?«

»Er kommt nicht allein. Er bringt etwas mit, was mir fehlt.«

Clovis kratzte sich am Kopf und musterte Aurélien mit verschreckten Augen. »Kommt er etwa mit einer Frau?«

»Nein. Mit Geld.«

Hippolyte Loiseul war ein Ingenieur mit so vielfältigen Kenntnissen und einer so großen Wissbegier, dass er sich für alle Wunder der Natur interessierte. Vor allem aber für die Hautflügler, speziell für die Bienen und besonders für die *apis mellifica*. Außerdem vergaß er seine Freunde nie.

Er traf wie geplant am Morgen des ersten Mai 1893 in Langlade ein. Da Aurélien noch mit der Versorgung seiner Bienenstöcke zu tun hatte, erhielt Léopold den Auftrag, ihn zu empfangen.

»Was haben Sie in Afrika gemacht?«, erkundigte sich der Alte bei dem dickbäuchigen Mann, der ihm gegenüber auf der Terrasse des *Grünen Cabaret* saß und eine von diesen gigantischen Zigarren rauchte, die es nur in Havanna gibt.

»Das Gleiche wie Ihr Enkel.«

»Sie haben nach Gold gesucht?«

»Wenn man so will. Zumindest labe ich welches gefunden!«, rief Loiseul. Er zog an seiner Zigarre und blies langsam eine weiße Rauchwolke aus, die sich im Blattwerk eines Olivenbaums verlor. »Wollen Sie wissen, wie?«

Léopold nickte kurz mit dem Kopf, um ihn zum Weiterreden zu bewegen.

»Indem ich Träume verwirklicht habe.«

»Träume?«

»Ja, schlicht und einfach! Alle Menschen haben einen heimlichen Traum, doch meistens trauen sie sich nicht, ihn zu verwirklichen. Dann kommt Hippolyte Loiseul! Und wissen Sie, wozu es gut ist, die Träume der anderen zu verwirklichen?«

»Keine Ahnung ... Dazu, die Menschen einander näher zu bringen?«

»Nein. Gold zu gewinnen.«

Nach einem langen Schweigen fragte Léopold: »Was wollen Sie von Aurélien?«

»Ihm helfen.«

»Wie denn?«

»Als wir uns das erste Mal begegneten, hat er mir von seinen Bienenzuchtplänen erzählt und auch davon, was er dort unten in Afrika erlebt hat. Ich bin hier, um ihm nun meinerseits von den Bienen zu erzählen. Und vor allem«, sagte er, während er mit seiner Zigarre unter Léopolds Nase herumfuchtelte, »will ich ihm helfen, das Gold zu finden, das er sucht. Und etwas Großes zu vollbringen.«

»Was soll denn das sein, dieses Große?«

»Können Sie sich das wirklich nicht denken?«

»Nein.«

Hippolyte Loiseul lachte, und sein Gelächter ließ die Gläser auf dem Tisch klirren. Er breitete die Arme aus, als wollte er den Himmel und die umliegenden Felder umfangen, rollte mit seinen großen, verrückten Augen – Augen, die von allen Sonnen Afrikas verzehrt waren – und rief: »Ich will ihm helfen, Apipolis zu gründen! Die Stadt der Bienen!«

Denn ebenso wie in Afrika, wie mit seinem Leben und mit allem, was er unternahm, hatte dieser Mann auch mit Auréliens Bienen Großes, ja Gigantisches vor.

Im Grunde war Hippolyte Loiseul nur von einem heimlichen Wunsch besessen: Er wollte berühmt werden. Sein Name sollte der Nachwelt erhalten bleiben. Wenn er abends einschlief, malte er sich aus, wie sein Denkmal am Pariser Rathaus aussehen würde. Eine Statue mit folgender Inschrift:

Hippolyte Loiseul
Ingenieur
Das dankbare Vaterland

Nun stand der Ingenieur endlich kurz davor, diesen heimlichen Traum zu verwirklichen.

Hippolyte Loiseul mietete noch am selben Abend ein Zimmer im ersten Stock des *Grünen Cabaret*.

»Es ist zwar nicht grün, aber es ist das einzige, das ich noch habe«, sagte Clovis.

Das Zimmer hatte blaue Tapeten. Die Vorhänge waren lavendelfarben. Hippolyte machte es sich so gemütlich, dass sein Schnarchen schon bald durch das ganze Gasthaus dröhnte.

Am nächsten Tag bei Sonnenaufgang ließ er sich ein üppiges Frühstück auf die Caféterrasse bringen.

»Das nenne ich einen guten Kunden!«, sagte Clovis hocherfreut zu seiner Frau.

Satt und zufrieden setzte Hippolyte sich schließlich seinen Strohhut auf, zündete sich eine Riesenzigarre an, nahm seinen Stock und begab sich zum Haus der Rochefers.

Und wie wollen wir es anstellen, Apipolis zu bauen?«

»Wir halten uns an das hier!«

Erstaunt sah Aurélien auf das Handbuch, das der Ingenieur hochhielt.

»An ein Buch?«

»Ja, Aurélien, an ein Buch, das deinen Reichtum begründen wird. Vergiss nicht: Allen Büchern liegt ein Traum zugrunde, und allen Träumen ein Buch.«

Hippolyte war nämlich nicht nur mit der verrückten Idee nach Langlade gekommen, eine außergewöhnliche Stadt für Millionen von Bienen zu bauen, die dann die schönsten Blumen Frankreichs anfliegen sollten, um den besten Lavendelhonig der Welt zu produzieren, nein, er hatte sogar eine ausführliche Schilderung dieses Projekts mitgebracht, ein Werk mit Plänen, technischen Erläuterungen, Berechnungen und Skizzen aller Art, das beschrieb, wie sich ein Traum mit der Dimension von Apipolis verwirklichen ließ.

»Und wer hat dieses Buch geschrieben?«, fragte Aurélien.

Hippolyte plusterte sich auf und legte eine Hand auf seine Brust: »Na, ich natürlich! Wer sollte das denn deiner Meinung nach sonst getan haben?«

Denn Hippolyte Loiseul war nicht nur Ingenieur, sondern auch Botaniker, Geologe, Mathematiker, Schriftsteller und Experte in allen Dingen dieser Welt. War ein Thema reizvoll genug für ihn, so studierte er es mit aller Gründlichkeit, schöpfte aus allen Quellen der Bibliotheken, konferierte mit den Kapazitäten der Weltwissenschaft, die ihn auf dem Weg der Erkenntnis voranbringen konnten, und verfasste schließlich nach einer Zeit leidenschaftlicher Arbeit eine Abhandlung über das Thema seiner Wahl. Ein Werk, das zwar selten Allgemeingültigkeit für das jeweilige Fach errang, jedoch immerhin für ihn allgemein gültig war.

Aurélien blätterte in dem Buch und las begeistert, dass nach Hippolytes Voraussage die Honigproduktion einer Stadt wie Apipolis im ersten

Jahr einen Ertrag von mehr als zwanzigtausend Kilo bringen könnte – nach Abzug der Kosten und Gehälter also einen Gewinn von dreißigtausend Goldfranc.

»Aber wie können wir mit meinen siebenunddreißig Bienenkörben zu einer so astronomischen Zahl gelangen?«

»Erstens«, gab Hippolyte zurück, »geht es nicht um siebenunddreißig Bienenstöcke, sondern um tausend! Und zweitens brauchst du vor allem einen Steilhang mit Hohlräumen wie in Afrika! Und tausend Königinnen! Und schließlich zehn Angestellte für die Honigernte!«

»Aber das wird viel zu teuer!«

»Stimmt, doch das lässt sich nicht vermeiden.«

»Und das Geld, das wir für all das brauchen?«, rief Aurélien. »Und die hunderttausend Bienen, die den ganzen Honig herstellen sollen, wo willst du das alles hernehmen?«

Hippolyte zog eine dicke Geldbörse aus der Tasche, öffnete sie und sagte: »Aus meinen Händen.«

Dort lagen zehntausend Goldfranc.

»Um über die ersten zwei Jahre zu kommen«, sagte Hippolyte.

Das Geld reichte nur drei Monate. Denn Hippolyte und Aurélien waren mit ihren Träumen und ihren fixen Ideen hoffnungslos menschlich. Apipolis erwies sich aber als ein Projekt von nahezu göttlichen Ausmaßen.

»Zunächst müssen wir das Gebiet am Berghang abstecken, das wir bewirtschaften wollen«, sagte der Ingenieur. »Dann bauen wir die Anlage.«

»Was für eine Anlage?«

»Nenne es, wie du willst. Apipolis. Den Höllenfelsen. Die Pharaonenbiene. Die Arbeiten werden schon im Herbst beendet sein. Aber man wird noch in tausend Jahren davon sprechen!«

Er legte Aurélien die Hand auf die Schulter und fügte hinzu: »Und dann werde ich es endlich bekommen, mein Denkmal!«

Der Bau von Apipolis wurde vom Ingenieur mit Meisterhand geleitet. Er wirkte tatsächlich wie ein Meister, besaß das Format eines Menschenführers, das Geschick eines Diplomaten und die Virtuosität eines Orchesterdirigenten.

Zunächst musste die Bienenstadt hergerichtet werden. Loiseul suchte dafür einen steil abfallenden Kalkfelsen aus, eine siebzehn Meter hohe und mehr als dreißig Meter lange Bergwand, die nicht weit vom Haus der Rochefers entfernt lag.

»Die ist ideal«, sagte er. »Und es gibt sogar einen Maultierpfad zum Gipfel des Felsens.«

»Willst du denn da hinaufklettern?«, erkundigte sich Aurélien.

»Nicht nur ich. Wir müssen schließlich das Material hinaufschaffen!«

»Und wie wollen wir das anfangen?«

Der Ingenieur runzelte die Stirn. »Was meinst du wohl, wer auf einem Maultierpfad unterwegs ist?«

Sie liehen sich vom Müller eine Eselin für den Transport ihrer Utensilien. Dann bestellten sie bei einem Zigeunerpärchen aus der Camargue einige Hundert Bienenkörbe, Stricke und eine Kiepe, die das Gewicht eines Menschen tragen konnte. Beim Hufschmied von Langlade erwarben sie Eisenpfähle, Abflussrinnen, Niete, Brechstangen, Metallschaufeln und eine Seilrolle. Anschließend ging der Ingenieur zum Tischler und kaufte ihm eine imponierende Zahl von Olivenholzbalken ab.

Den Arbeitern aus Langlade, die für den Bau von Apipolis angeworben worden waren und die bezweifelten, dass ein solches Vorhaben bis zum Herbst fertig werden konnte, steckte Loiseul einige Tausend-Franc-Scheine zu und sagte: »Mit etwas Geld und viel gutem Willen ist nichts unmöglich!«

Die Arbeiten dauerten den ganzen Sommer an. Zehn Männer waren ständig auf der Baustelle, höhlten den Stein mit Brechstangen aus, errichteten oben auf dem Steilhang Gerüstbalken, befestigten Abflussrinnen entlang des Berges und stellten Bienenkörbe aus Weidenruten in die Kalkaushöhlungen.

Nur von Bienen war noch keine Spur.

Jedesmal, wenn Léopold den Bienenzüchter auf der Baustelle von Apipolis besuchte, betrachtete er die ganze Betriebsamkeit mit großer Skepsis. Schließlich sagte er, mit einer Kopfbewegung auf den Ingenieur weisend, der sich den lieben langen Tag abmühte, die Arbeiter zu Höchstleistungen zu bewegen: »Dieser Mann wird dich in den Ruin treiben!«

Womit er nicht ganz Unrecht hatte. Aber auch nicht ganz Recht.

An einem Morgen Ende September lag Apipolis fertig vor den Augen ihrer beiden Erbauer. In ganz Langlade sprach sich die Nachricht herum, der Ingenieur und der Bienenzüchter hätten ihr Vorhaben endlich abgeschlossen. Dabei hätten sie sich so hoch verschuldet, dass sich die Rückzahlung des Kredits bis ins nächste Jahrhundert hinziehen würde. Was natürlich übertrieben war.

Tatsächlich hatte das Startkapital von zehntausend Goldfranc gerade gereicht, um ein Viertel der Gesamtkosten zu decken. Um die Arbeiten abschließen zu können, mussten sie sich bei der Bank von Arles viel Geld leihen und den Gläubigern eine Gewinnbeteiligung an den Erträgen von Apipolis gewähren.

»Diese Kerle sind Halsabschneider«, hatte Hippolyte gewettert, bevor er wohl oder übel auf ihre Forderungen eingegangen war.

»Es ist riskant«, hatte Aurélien eingeräumt. »Aber ich glaube fest an unsere Bienenstadt. Ich bin dabei.«

Und so hatten die zwei Männer unterschrieben.

Jetzt, an diesem Septembermorgen, war ihr Werk vollendet. Der Bienenzüchter, der ganz und gar in Hippolytes verrücktem Plan aufgegangen war, rief: »Du hast gewonnen!«

»Nicht ich«, gab der Ingenieur zurück. »Die Idee war von dir. Der wahre Gewinner bist du!«

Die zwei Männer lachten und schüttelten sich die Hand.

»Morgen fahre ich nach Arles, um Bienenschwärme zu besorgen«, sagte Hippolyte, während er Apipolis betrachtete. »Ich habe bei sämtlichen Imkern der Gegend welche bestellt. Mehr als hundert Völker, die wir nach und nach verwaisen lassen, um alle Bienenstöcke von Apipolis zu bevölkern. Du wirst schon sehen! Nächstes Frühjahr gibt es hier Tausende und Abertausende Bienen. Es wird großartig.«

»Was wird das alles kosten?«, fragte Aurélien.

»Ein Vermögen. Aber das macht nichts. Wir brauchen die schönsten Schwärme.«

»Wie viel Geld wird noch übrig sein, wenn wir sie bezahlt haben?«

Hippolyte zog ein Bündel Banknoten, das er wie ein Chagrinleder gehütet hatte, aus seiner Tasche, nahm das meiste davon weg und sagte abschließend: »Gerade genug, um dir ein Gläschen bei Clovis zu spendieren!«

Hippolyte Loiseul hatte nicht gelogen. Als er mit genügend Bienenvölkern aus Arles zurückkehrte, um ganz Apipolis damit zu bestücken, war das wirklich ein grandioses, wunderbares Schauspiel, das kein Einwohner von Langlade je im Leben wieder vergessen sollte. Mit einem Karren, auf dem sich Hunderte Bienenkörbe türmten, hielt er Einzug in das Dorf, eingehüllt in eine turbulente, summende Bienenwolke, die den zusammengedrängten Menschen am Straßenrand kaum einen Blick auf den Ingenieur gewährte.

Jemand rief: »Ein Wunder!«

Aurélien, der Hippolyte als Erster begrüßte, hörte diese Worte und erinnerte sich, dass er schon einmal ein Wunder gesehen hatte. Früher, in Afrika.

Er stieg auf den Karren, und die zwei Männer fuhren in Richtung Bauernhaus. Zu dem Bienenschwarm gesellte sich ein Schwarm Kinder, die die Rückkehr der schönen Jahreszeit und die Verrücktheit der Männer ausgesprochen fröhlich gestimmt hatten.

Aurélien und Hippolyte befestigten jeden Bienenkorb mit größter Sorgfalt in den Aushöhlungen am Berghang. Bei Einbruch der Dunkelheit, als jede Biene ihr Volk gefunden hatte, setzten sie sich auf den Brunnenrand und betrachteten Apipolis.

Zufrieden zündete sich Hippolyte Loiseul eine Zigarre an und sagte: »Jetzt brauchen wir nur noch zu warten, bis sich das alles in Gold verwandelt! Der Winter wird lang. Aber das ist nicht der Rede wert. Du wirst sie bekommen, deine Bienenstadt! Noch viel schöner und größer als alles, was du in Afrika gesehen hast. Ein Sturzbach, ach, was sage ich: ganze Ströme von Honig werden zu uns herabfließen!«

»Ja«, sagte Aurélien, der beobachtete, wie die Sonne am Horizont verschwand. »Jeder Frühling ist ein neuer Beginn.«

Der Winter verging nur langsam, und es schneite kaum. Jeden Morgen gingen die zwei Männer zum Fuß des Steilhangs und sahen schweigend hinauf. Dort wohnten die Bienen, die in der Wärme ihrer Stadt schliefen.

»Wir dürfen sie nicht stören«, sagte Hippolyte.

Dann stiegen sie ins Dorf hinab und spielten Karten mit Clovis.

Nur Léopold kam nie. Er bezeichnete sie als verrückt, und das brachte die beiden zum Lachen.

Vor allem den Ingenieur. Zweifellos, weil er im Grunde seines Herzens wusste, dass er es tatsächlich war.

Als der Frühling endlich ins Land zog, hieß es, an die Arbeit zu denken.

Ihr Traum wurde an einem Morgen im April genau in dem Moment Wirklichkeit, da sich die erste Biene aus dem ersten Bienenstock zu einer Blüte aufmachte.

Der Bienenzüchter und der Ingenieur waren noch vor Sonnenaufgang aufgestanden. Ungeduldig wie Kinder warteten sie an Ort und Stelle vor dem Hang. Als sie sahen, wie die Biene herauskam und in den Himmel flog, schauten sie sich an und lachten.

»Der Reichtum!«, rief Hippolyte mit seiner Stentorstimme. »Das ist der Reichtum, der uns erwartet!«

Wenige Minuten später waren Tausende Bienen ausgeflogen und verdunkelten den Himmel.

»Jetzt werden die Bienen für uns arbeiten«, sagte Hippolyte.

Um Eindruck auf Léopold zu machen, der das ganze Unterfangen mit Missbilligung verfolgt hatte, nahm Hippolyte Loiseul am Tag des Schwärmens eine Königin und setzte sie sich aufs Kinn. Sogleich flogen über zwanzigtausend Arbeiterinnen zu ihr und verhalfen dem Ingenieur so zu einem prächtigen Bienenbart. Er trieb den Spaß sogar so weit, mit seinem lebenden, summenden Kinnschmuck, der furchterregend aussah, quer durch Langlade zu spazieren.

»Ein komischer Kauz!«, bemerkte Léopold.

»Gerade das gefällt mir so an ihm«, gab Aurélien zurück.

In diesem Frühjahr flogen die Bienen unermüdlich zu den Blumen von Langlade, und ihr Flug erzeugte eine harmonische Melodie in tiefen Tönen.

Aurélien Rochefer liebte dieses ohrenbetäubende Surren, das keine Variation, keine Pause und keinen Seufzer kannte. Für ihn war es der Klang vollkommener Schönheit, den er so sehr liebte, dass er ihm schließlich einen Namen gab: die Bienenoper.

Dann kam der große Tag der ersten Ernte.

Er war für jeden ein Tag der Freude, ein Fest, zu dem das ganze Dorf eingeladen war. Hippolyte wollte, dass alle der aufsehenerregenden Demonstration seines Genies beiwohnten. Léopold und Clovis erhielten für diese Vorführung die besten Plätze. Hinter ihnen starrten die Einwohner von Langlade dicht zusammengedrängt mit weit aufgerissenen Augen auf den Steilhang.

Vor Aufregung stocksteif, hielt sich Aurélien oben am Felsen und wartete auf die Anweisungen des Ingenieurs. Pauline, die sich großzügig bereit erklärt hatte, dieser verrückten Mannschaft zu helfen, stand unten neben einem riesigen Kessel, der beheizt wurde.

Der Ingenieur räusperte sich und begann mit seiner Rede:

»Mesdames, Mesdemoiselles, Messieurs, ich bitte um höchste Aufmerksamkeit! Die Vorführung, die Sie die Ehre haben, in wenigen Augenblicken mitzuverfolgen, muss in absoluter Stille gespielt werden. Es wird nur eine einzige Vorstellung geben, und sie hat den Rang einer Welturaufführung. Mit diesem Schauspiel, das in die Geschichte eingehen wird, sollen die Schönheit des Lebens und das Gold des Honigs geehrt werden.«

Der Ingenieur streckte seine Hand theatralisch nach oben, machte große Augen und hielt so lange inne, bis das Publikum endlich verstummte. Dann ließ er mit einer plötzlichen und doch eleganten Bewegung die Hand sinken wie ein Dirigent, der seinem Orchester befiehlt, den ersten Takt zu spielen. Pauline betätigte daraufhin die Lüftungsklappe des Kessels, in dem Jutesäcke brannten. Der so entstehende Rauch wurde durch ein Rohrsystem in die Rinnen geleitet, die zu den Bienenstöcken führten. All das vollzog sich in absoluter Stille. Es war der erste Akt des lautlosen Schauspiels.

Dann kam Auréliens Auftritt. Er schwang sich in seiner Imkerkleidung in den Korb, bediente das System von Seilrollen und glitt am Felsen hinunter. Als er in Höhe des ersten Bienenstocks ankam, nahm er den Aufsatz ab, zog eine mit Honig gefüllte Wabe heraus und zerdrückte sie mit den Händen.

Der Honig floss die Rinne entlang wie ein goldener Gebirgsbach, passierte eine Walze, wurde einige Meter weiter unten durch ein Sieb gefiltert und setzte seinen Weg bis zum Fuß des Steilhangs fort.

Noch immer herrschte absolute Stille. Der Vorhang fiel. Und er fiel mit dem ersten Honigtropfen, der in einen Glastopf glitt.

Jetzt brach das Freudengeschrei los. Sämtliche Einwohner von Langlade bejubelten die Genialität des Unternehmens, und die Kinder lachten vor Entzücken.

»Großartig!«, schrie Clovis. »Ich glaube, ich träume!«

»Dieser Mann ist wahnsinnig!«, dröhnte Léopold.

»Das war eine herrliche Vorstellung«, sagte Aurélien und fiel seinem Freund in die Arme.

Der Ingenieur sah ihn mit großer Zärtlichkeit an. »Ja, es war perfekt. Es ist lange her, dass ich eine so gute Aufführung gesehen habe!«

In der ganzen Provence ging das Gerücht, zwei Männer hätten mit Honig ein Vermögen gemacht.

»Und wer sind sie?«, fragten die Leute.

»Ein Bienenzüchter und ein Ingenieur. Sie wissen doch, die beiden, die aus Afrika zurückgekommen sind.«

»Ach so«, war die Antwort, »der Träumer und der komische Kauz!«

Es brauchte genau zwei Monate, bis man Hippolyte Loiseul nicht mehr für einen komischen Kauz, sondern für einen Wahnsinnigen hielt und Aurélien Rochefer nicht mehr für einen Träumer, sondern für einen Leichtfuß.

Zwei Monate. Die Zeit, in der sich die Lavendelblüten öffneten, sich in der Sonne entfalteten und verwelkten, ohne je von einer Biene besucht worden zu sein.

Zwei Monate. Die Zeit, in der sich das phantastische Projekt Apipolis, diese dem Bienenkult geweihte Stätte, die nur den größenwahnsinnigen Hirnen zweier Geisteskranker hatte entspringen können, in ein jämmerliches Trümmerfeld verwandelte.

Zwei Monate. Die Zeit, in der die Wachsmotte,

ein kleiner grausamer und unersättlicher Parasit, das größte Vorhaben ihres Lebens zerstörte.

Die *Galleria cerella*, auch Wachsmotte genannt, hatte nicht nur die Waben angegriffen, sie hatte auch die Rähmchen und das Gehäuse der Bienenstöcke zerstört.

Als Aurélien und Hippolyte an einem Julimorgen zur zweiten Ernte nach den Bienenkörben sahen, entdeckten sie, dass drei von ihnen statt Bienen nur Tausende von toten Larven enthielten.

»Die Wachsmotte!«, schrie Aurélien.

»Das habe ich kommen sehen. Keine Angst, damit werden wir schon fertig.«

Hippolyte versuchte, die befallenen Bienenstöcke von den gesunden zu isolieren. Doch die heimtückische Krankheit war nun einmal da, und sie breitete sich in schwindelerregendem Tempo aus.

Eine Woche später waren bereits sieben Bienenstöcke infiziert. Acht Tage darauf waren es mehr als zwanzig. Nach zwei Monaten gab es in ganz Apipolis keinen einzigen Bienenstock mehr, der von der Krankheit verschont geblieben wäre.

In seinem Buch, das die Verwirklichung eines der schönsten Meisterwerke der Menschheitsgeschichte ermöglichen sollte, hatte Hippolyte Loiseul mit allem gerechnet. Mit allem, nur mit dem Schicksal nicht. Und das Schicksal wollte aus ihm kein Genie machen.

Als die beiden Männer begriffen, dass sie alles verloren hatten, versuchten sie, an Honig zu retten, was noch zu retten war. Doch nach dem Filtern blieben kaum einhundert Kilo übrig. Einhundert Gläser mit der Aufschrift:

Lavendelhonig
Apipolis
Langlade
Aurélien Rochefer, Bienenzüchter

Aurélien verkaufte neunzig davon, verteilte sieben in der Nachbarschaft, gab Hippolyte zwei und behielt ein einziges, das er nie anrührte, für sich.

Unmittelbar nachdem das Fiasko der beiden Männer bekannt geworden war, kamen die Gläubiger wie die Fliegen zum Honig. Sie forderten so viel Geld, dass Hippolyte ganz schwindlig wurde.

»Wieviel schulden wir diesen Schmarotzern nun genau?«, fragte er seinen Kompagnon, der sich jetzt um die Geldangelegenheiten kümmerte.

Aurélien rechnete nach, schrieb eine Zahl auf einen Zettel und zeigte sie Hippolyte.

»So viel?«

Der Bienenzüchter nickte.

»Wenn das so ist, bleibt uns nichts anderes übrig, als auf einen Goldregen vom Himmel zu warten.«

»Ob er vom Himmel kommt, weiß ich nicht. Ich glaube eher, er kommt aus Afrika!«, rief Aurélien. Und er zog eine seiner zwei goldenen Bienen aus der Tasche.

Als dieser Schatz verkauft war, konnten die beiden Männer einen Teil ihrer Schulden für Apipolis begleichen. Sie handelten die Raten für die Restzahlungen aus und schickten die Gläubiger nach Hause. Mit den siebenundsiebzig Franc, die ihnen noch blieben, gingen sie zu Clovis und gossen sich bis tief in die Nacht hinein kräftig einen hinter die Binde.

Drei

Hippolyte Loiseul verließ Langlade an einem Morgen im September 1894. Er rauchte keine Zigarren mehr, trug aber nach wie vor seinen eleganten Strohhut. Er war bekümmert, und sein Blick war traurig.

»Ich werde mein Buch überarbeiten, und diesmal werde ich die Wachsmotten nicht vergessen. Ich werde eine Liste der Krankheiten aufstellen, die die Bienen und ihre Brut befallen können, um sie gründlich zu studieren und ein Gegenmittel zu ihrer Ausrottung zu finden.«

»Selbst wenn du das alles nicht tust, macht das gar nichts«, sagte Aurélien. »Apipolis war eine wunderschöne Idee.«

»Ja, sie war schön«, sagte Hippolyte.

»Er ist zwar unmöglich, den gleichen Traum

zweimal zu träumen, doch ich werde unseren nie vergessen. Niemals.«

Loiseul war tiefbewegt. Er schüttelte Aurélien herzlich die Hand, drehte sich um und ging ohne ein weiteres Wort davon.

Léopold Rochefer starb an einem Frühlingsmorgen 1895.

Aurélien ließ einen Grabstein aus blau geädertem Marmor für ihn anfertigen. In seinen Sarg legte er einen Lavendelhalm. Er machte es sich zur Gewohnheit, jeden Tag an ihn zu denken, doch er kehrte nie wieder auf den Friedhof von Langlade zurück. Léopold war in diesem Karree aus grauen Kreuzen ohnehin weit weniger gegenwärtig als in dem malvenfarbenen Blau der Feldblumen.

Das Jahr 1895 war ein schlechtes Lavendeljahr. Die Trockenheit war entsetzlich, und die Blüten auf dem Feld welkten eine nach der anderen dahin.

Aurélien beschloss, die Landwirtschaft aufzugeben, und verkaufte einen Teil der Ländereien. Er zog sich viel in sein Haus zurück, um seinen Erinnerungen an Afrika nachzuhängen.

Eines Nachts träumte er von der Frau mit der goldschimmernden Haut, von Makonnen und von seinen Reisegefährten. Als er erwachte, wusste er, dass er nichts und niemanden je vergessen konnte. Schon gar nicht die Menschen, die er geliebt hatte und die in seinem Leben stillschweigend das Wichtigste gewesen waren: sein Großvater und vor allem Hippolyte Loiseul, der verrückteste und edelste von allen.

»Und Apipolis? Was willst du jetzt damit anfangen?«, fragte ihn Clovis. »Es muss jetzt bald ein Jahr sein, dass die Bienenstöcke bei Wind und Wetter verrotten.«

Aurélien besah sich, was vom Projekt des Ingenieurs noch übrig war, und sagte traurig, doch ohne seinen Worten Nachdruck zu verleihen: »Ich werde sie lassen, wo sie sind, und zusehen, wie sie vergehen.«

Aber er hatte eine Gewissheit: Die Schönheit einer Idee vergeht niemals.

Mitten im Winter fand Pauline ein merkwürdiges Paket vor ihrer Tür. Es lag kein Brief dabei, und es stand kein Absender darauf.

Neugierig hob sie das Paket auf und schloss die Tür zu ihrem Zimmer, wo sie es mit fliegenden Händen öffnete. Es war ein Gemälde von erstaunlicher Schönheit.

Das Bild zeigte eine afrikanische Frau mit goldschimmernder Haut.

Sie dachte an Aurélien, der ihr plötzlich zu fehlen begann. In der Nacht schlief sie schlecht und hatte das Gefühl, kein Auge zutun zu können.

Am nächsten Morgen wollte sie einen Brief schreiben. An ihn, Aurélien Rochefer. Doch ihr fehlten die Worte. Sie bekam sie nicht zu Papier.

Also tat sie etwas, das ihr noch im selben Moment verrückt erschien. Allerdings war es eine notwendige und segensreiche Verrücktheit, wie sich später herausstellte. Sie ging in den Schnee hinaus und lief zum Haus der Rochefers.

Aurélien stellte gerade seinen siebten Bienenstock fertig, als Pauline in seiner Werkstatt erschien. Dank seiner außergewöhnlichen Willenskraft und seiner beispiellosen Hartnäckigkeit hatte er sich vorgenommen, noch einmal – und diesmal in bescheidenerem Maße – mit der Bienenzucht zu beginnen. Er wusste nicht, ob er es schaffen würde, ob er sich vor Feuer, vor Wachsmotten und vor anderen Katastrophen würde schützen können. Es waren aber gerade seine Unsicherheit und seine Hoffnung, die dieses Vorhaben so wertvoll machten.

Merkwürdigerweise hatte er die Bienenstöcke aus Holz gebaut. Zum ersten Mal. Das hatte es noch nie gegeben. Doch auf eine verrückte Idee mehr oder weniger kam es dem Bienenzüchter nicht mehr an.

Er hatte damit begonnen, seinen siebten Bienenstock goldgelb anzustreichen, als Pauline eintrat. Sie musterte Aurélien von oben bis unten, kam schweigend näher, zog sich die Handschuhe aus und sagte: »In all den Jahren, die du in Afrika warst, hast du mir nicht einmal geschrieben. Seit du zurück bist, hast du kein einziges Mal richtig mit mir gesprochen. Du hattest nur deine Bienen im Sinn. Und jetzt schickst du mir ein Bild. Ohne ein einziges Wort.«

»Vielleicht ist es ja zu spät, dir zu schreiben und dir noch irgendetwas zu sagen . . .«

Sie ging auf ihn zu, nahm sein Gesicht in ihre Hände, so dass er ihr in die Augen sehen musste, und sagte: »Es ist niemals zu spät.«

Aurélien ergriff ihre Hand und hielt sie fest in seiner. Seine Geste war voller Zärtlichkeit.

Pauline löste sich schließlich aus dieser reichlich verspäteten Liebkosung, ging ruhig in die entgegengesetzte Ecke des Raumes und wandte sich mit erstaunlicher Bedachtsamkeit fünf Gegenständen auf einem Regal zu.

»Das ist alles, was mir geblieben ist«, sagte Aurélien. »Ein Glas Honig, eine goldene Biene, ein Gedichtband, ein Buch über Afrika und ein Lavendelhalm.«

Sie drehte sich um, lächelte ihm zu und sagte: »Das ist doch viel! Mir bleibt überhaupt nichts von dir. Abgesehen von dem Bild, das du mir geschenkt hast.« Pauline strich liebevoll über den Lavendelhalm, warf einen missbilligenden Blick auf die goldene Biene, las aufs Geratewohl eines der Gedichte und griff nach dem Honigglas. Sie öffnete es, tauchte ihren Finger in die süße Flüssigkeit und kostete mit wahrem Vergnügen davon.

»Es ist vielleicht das Beste, was du in deinem ganzen Leben getan hast. Diesen Honig zu sammeln.« Wieder tauchte sie ihren Finger in den Honig und führte ihn langsam und genüsslich an ihre Lippen. Dann fügte sie sanft hinzu: »Das Gold des Lebens.«

Aurélien legte seinen Pinsel auf den Werktisch. Er nahm das Buch über Afrika und hielt es ihr hin. »Hier, dieses Buch ist für dich. Und alles andere auch. Alles, was damit zusammenhängt. Der Honig, die goldene Biene, der Gedichtband, der Lavendelhalm. Alles, was mir bleibt und was ich dir nicht schon früher schenken konnte.«

»Für mich? Bist du sicher?«

Er schaute sie an und sah nun etwas, das er nie zuvor an ihr wahrgenommen hatte und das ihn zutiefst bewegte: Pauline saß auf der Tischkante, das Honigglas in der Hand. Gedankenversunken betrachtete sie einen Honigtropfen, der am Glas hinunterlief. Ihr Blick verlor sich in der Ferne, und Aurélien sah, wie sich das Gold des Honigs in ihren Augen spiegelte und ihre Haut sanft schimmern ließ.

Da erkannte er, dass er die Frau vor sich hatte,

die er all die Zeit gesucht hatte. Er antwortete schlicht: »Ja, jetzt bin ich sicher.«

Und er war glücklich, denn er hatte das Gold seines Lebens gefunden.